日檢一試OK！

周世宇 / 編著

書泉出版社 印行

　　基於坊間有關日檢書籍種類頗多，但針對文法考題的答案卻只有給予正確解答，並未詳細說明其解答的原因及理由。這樣對真正有心想學好日文的學習者來說，似乎沒有太大的助益。所以，基於此點考量想試著針對文法考題方面加以解析，讓讀者能夠真正了解此問題的句型說法或者相關的文法概念，而不是只記住標準答案而已。

　　首先，先逐一列出有關N4之各個句型，並附上該句型文法之解說及例句。接著以模擬考題之型式，讓讀者可以習慣或熟悉考題之大概情況。最後，有關模擬考題之解答方面，會加以詳敘何者為正確或者哪個解答不適合……等，若有類似的答案也會加以解釋其中的差異性，希望這樣的方式可以幫助讀者不只是熟悉句型之型式而已，而是真正理解句型之用法及使用在何種情境上面。

　　在此衷心希望每位參加日檢的同學，都能順利通過考試。加油！

　　本測驗係由「日本國際教育協會」及「國際交流基金會」分別在日本及世界各地為日語學習者測試其日語能力的測驗。測驗成績可作為非日語為母語者作為能力檢測之評量工具，不論前往日本留學或於日商公司任職均可作為日語程度證明之依據。

　　舊日語檢定測驗分為一級、二級、三級、四級等四個級數，新型的日語檢定測驗將以「NIHONGO（日本語）」與「NEW（新）」英文拼字的第一個字母「N」作為新的檢定測驗分級的第一個代號。

　　新日檢在原本第二和第三級中間再增加一級，分為N1、N2、N3、N4、N5等五個等級。以下為日檢新舊制之對照比較，如下：

新舊制之對照比較

N1 較舊制一級程度略高
N2 類似舊制二級程度
N3 介於舊制二級、三級之間程度
N4 類似舊制三級程度
N5 類似舊制四級程度

　　題型方向的改變，更能測出學生獨立完成某事物的能力，以及運用所學於實際生活的能力。自2010年起，日本語能力試驗由四個級數改為五個級數，2011年起7月份及12月份N1～N5五個級數全部辦理，報考者可依自己的能力選擇適合的級數參加。報名費用每人NT$1,500元。

　　新日檢N4科目分為「言語知識（文字‧語彙）」、「言語知識（文法）‧讀解」與「聽解」三大部分，計分為「言語知識（文字‧語彙‧文法‧讀解」120分，「聽解」60分，總分為180分。而新制考試除了總分必須達到基本分數（總分通過標準）以外，各科都設有低標（通過門檻），亦即是「言語知

識（文字‧語彙‧文法‧讀解」不得低於38分，而「聽解」不得低於19分，才能取得N4合格證書。以下為日檢N4之總分及分項成績通過門檻，如下：

級　數	分項成績通過門檻			
	總分	總分通過標準	言語知識（文字‧語彙‧文法）讀解	聽解
N4	180分	90分	38分（總分：120）	19分（總分：60）

台灣地區新日檢N4相關考試訊息
測驗日期：每年七月及十二月第一個星期日
測驗地點：台北、台中、高雄
報名時間：第一回約於四月初，第二回約於九月初
實施機構：財團法人語言訓練測驗中心
　　　　　（02）2365-5050
　　　　　http://www.lttc.ntu.edu.tw/jlpt.htm
　　　　　（有關日檢的相關改革政策，若有更動時，請參考以上網址之資訊內容）

CONTENTS

一. 句型整理

句型1

句型2

句型82

二. 模擬試題

三. 模擬試題解析

一.句型整理

以下針對日語檢定N4句型加以整理，並對各個句型在文法上之用法加以解析，且附上例句及翻譯提供給讀者當作學習之參考，以方便記憶。有關下列文法句型及模擬試題解析當中，出現之文字說明部分或是動詞之形態，整理如下：

⑴針對動詞分類方式及其規則加以說明，如下：

動詞類別在文法上分成三大類及五大類，三大類為新派的日語文法教授方式，其為第一類動詞、第二類動詞、第三類動詞；而五大類為舊派的文法教授方式，其為五段動詞、上一段動詞、下一段動詞、力行變格動詞、サ行變格動詞。其實此兩種分法可以統合為一，即是第一類動詞＝五段動詞、第二類動詞＝上一段動詞及下一段動詞、第三類動詞＝力行變格動詞（不規則動詞）及サ行變格動詞（不規則動詞）。以下列表說明其規則及實例，如下：

動詞類別	規則	實例
第一類動詞（五段動詞）（五段動詞為「あ」段、「い」段、「う」段、「え」段、「お」段，此五段音在做變化）	動詞「ます」形前面一個字母為「い」（i）段音結構者，屬於第一類動詞（五段動詞）。（有少部分為「い」（i）段音結構者為例外，屬於第二類動詞（上一段動詞））。	書きます（ki）（寫）（五段動詞） 泳ぎます（gi）（游泳）（五段動詞） 降ります（ri）（下）（五段動詞）

動詞類別	規則	實例
第二類動詞（上、下一段動詞）（以「う」段音為基礎，「い」段音稱為上一段動詞；「え」段音稱為下一段動詞）	動詞「ます」形前面一個字母為「え」（e）段音結構者，屬於第二類動詞（下一段動詞）。	覚えます（e）（記住）（下一段動詞） 食べます（e）（吃）（下一段動詞） 調べます（e）（調查）（下一段動詞） 例外： 浴びます（i）（淋浴、澆）（上一段動詞） います（i）（在）（上一段動詞） 起きます（ki）（起床）（上一段動詞） 降ります（ri）（下）（上一段動詞） 借ります（ri）（借）（上一段動詞） できます（ki）（可以）（上一段動詞） 見ます（mi）（看）（上一段動詞）

動詞類別	規則	實例
第三類動詞（カ行、サ行變格動詞）（カ行變格動詞為其變化都在カ行做變化，而サ行變格動詞則是在サ行做變化）	「漢語名詞（兩個漢字所形成之名詞）＋します」、「片假名＋します」、「来ます」、「します」都屬於第三類動詞（カ行、サ行變格動詞）。	予習_{よしゅう}します（預習）（サ行變格動詞） 出張_{しゅっちょう}します（出差）（サ行變格動詞） コピーします（影印）（サ行變格動詞） 来_きます（來）（カ行變格動詞） します（做）（サ行變格動詞）

⑵ イ形容詞亦可稱爲形容詞，而ナ形容詞也可稱爲形容動詞，前後項之說法是類似的，只是不同學者或作者對其稱呼方式不同罷了。

句型1

- いくら、どんなに、なんど＋動詞ます形去ます＋ても＋ない / ません

- いくら、どんなに、なんど＋イ形容詞（形容詞）去い＋くても＋ない / ません

- いくら、どんなに、なんど＋ナ形容詞（形容動詞）語幹 / 名詞＋でも＋ない / ません

文法分析

　　本句型用於表達強調之程度，中文意思為「再怎樣～也～、無論～也～」。動詞ます形結構去ます形，其後接所要表達之句型，如下：

　　行きます去ます→行っても

　　此動詞後面加て或是た形之相關句型，屬於音便之例外情況要變成促音之結構加後面要接續之句型。

　　行きます去ます→行った

　　以下列表說明各類動詞「た」形（過去式）及「て」形音便之變化方式，如下：

動詞類別	音便規則	實例
第一類動詞 （五段動詞）	「ます」形前方き、ぎ分別去掉「き、ぎ」，再加上「いた」、「いだ」／「いて」、「いで」。（清音對應清音，濁音對應濁音，又稱為イ音便）	書<ruby>書<rt>か</rt></ruby>きます（寫）去ます →書いた／書いて 泳ぎます（游泳）去ます →泳いだ／泳いで
第一類動詞 （五段動詞）	「ます」形前方い、ち、り分別去掉「い、ち、り」，再加上「った」、「って」。 （促音便）	手伝います（幫忙）去ます→手伝った／手伝って 立ちます（站）去ます→立った／立って 降ります（下）去ます→降った／降って
	「ます」形前方に、み、び分別去掉「に、み、び」，再加上「んだ」、「んで」。 （鼻音便）	死にます（死）去ます→死んだ／死んで 休みます（休息）去ます→休んだ／休んで 飛びます（飛）去ます→飛んだ／飛んで
	「ます」形前方し則是留下「し」，再加上「た」、「て」 （不用音便）	押します（按、壓）去ます→押した／押して 話します（說）去ます→話した／話して

動詞類別	音便規則	實例
第二類動詞 （上、下一段動詞）	將「ます」去掉，再加上「た」、「て」	覚えます（記住） 去ます→覚えた／覚えて 起きます（起床） 去ます→起きた／起きて 降ります（下） 去ます→降りた／降りて

動詞類別	規則	實例
第三類動詞 （カ行、サ行變格動詞）	「来ます」換成「来た」、「来て」 「します」換成「した」／「して」	来ます（來） 去ます→来た／来て 予習します（預習） 去ます→予習した／予習して 出張します（出差） 去ます→出張した／出張して

　　另外，イ形容詞（形容詞）與動詞一樣有變化方式，因本句型後方要接「ても」，所以要將「イ形容詞（形容詞）去い＋くても」來接續，以下列表舉例說明，如下：

イ形容詞（形容詞）		
基本形	→	逆接表現
おいしい（好吃）	→	おいしくても （即使好吃也～）
新^{あたら}しい（新的）	→	新^{あたら}しくても （即使新的也～）
優^{やさ}しい（溫柔）	→	優^{やさ}しくても （即使溫柔也～）

　　而ナ形容詞（形容動詞）語幹則是將語尾助動詞「だ / です」去除，稱之為語幹。以下列表舉例說明，如下：

ナ形容詞（形容動詞）		
基本形	→	語幹
便利^{べんり}だ（方便）	→	便利^{べんり}（方便）
静^{しず}かだ（安靜）	→	静^{しず}か（安靜）
綺麗^{きれい}だ（漂亮）	→	綺麗^{きれい}（漂亮）

　　而名詞 / ナ形容詞（形容動詞）與逆接表現「～でも」之接續時，名詞要將助動詞「だ」去除，如同上述ナ形容詞（形容動詞）之語幹結構來接續。以下列表舉例說明名詞 / ナ形容詞（形容動詞）與逆接表現「～でも」之接續方式，如下：

名詞 / ナ形容詞（形容動詞）		
逆接表現	→	～でも（即使～）
雨だ（下雨）	→	雨でも（即使下雨也～）
病気だ（生病）	→	病気でも（即使生病也～）
学生だ（學生）	→	学生でも（即使學生也～）
賑やかだ（熱鬧）	→	賑やかでも（即使熱鬧也～）
便利だ（方便）	→	便利でも（即使方便也～）
綺麗だ（漂亮）	→	綺麗でも（即使漂亮也～）

　　而後面的否定形「ない（常體）、ません（敬體）」之接續方式，說明如下：

　　第一類動詞（五段動詞）去ます「あ段音」加上「ない」，而若ます形前面爲「い」音時，則屬例外情況要用「わ」音加上「ない」，去ます加上「ません」。而第二類動詞（上、下一段動詞）去ます加上「ない/ません」。第三類動詞（カ行變格動詞）用「来（こ）」音加上「ない」、「来（き）」音加上「ません」，第三類動詞（サ行變格動詞）則是去ます加上「ない/ません」，以下列表說明否定形「ない（常體）、ません（敬體）」之結構，如下：

8

動詞類別	規則	實例
第一類動詞 （五段動詞）	將「ます」去掉，「ます」前方之音節以「あ」段音來接「ない」，若ます前面為「い」音時，則屬例外情況要用「わ」音加上「ない」，去掉「ます」加上「ません」。	書<ruby>か</ruby>きます（寫） 去ます→書<ruby>か</ruby>かない / 書きません（不寫） 泳<ruby>およ</ruby>ぎます（游泳） 去ます→泳<ruby>およ</ruby>がない / 泳ぎません（不游泳） 手伝<ruby>てつだ</ruby>います（幫忙） 去ます→手伝<ruby>てつだ</ruby>わない / 手伝<ruby>てつだ</ruby>いません（不幫忙）

動詞類別	規則	實例
第二類動詞 （上、下一段動詞）	將「ます」去掉，再加上「ない」、「ません」	覚<ruby>おぼ</ruby>えます（記得） 去ます→覚<ruby>おぼ</ruby>えない / 覚<ruby>おぼ</ruby>えません（不記得） 起<ruby>お</ruby>きます（發生、起床）去ます→ 起<ruby>お</ruby>きない / 起<ruby>お</ruby>きません（沒發生、不起床） 降<ruby>お</ruby>ります（下來） 去ます→降<ruby>お</ruby>りない / 降<ruby>お</ruby>りません（不下來）

動詞類別	規則	實例
第三類動詞 （カ行、サ行變格動詞）	「来ます」（來） 去ます，換成「来ない」、「来ません」 （不來） 「します」（做） 去ます，換成「しない」／「しません」 （不做）	来ます（來） 去ます→来ない／来ません（不來） 予習します（預習） 去ます→予習しない／予習しません（不預習） 出張します（出差） 去ます→出張しない／出張しません（不出差）

例句及翻譯

例1.

木村さんはいくら食べても太りません。

木村先生（小姐）再怎麼吃都不胖。

例2.

彼はいくら待っても来ません。

他再怎麼等也不來。

例3.

このジュースは何度飲んでも飽きません。

這杯果汁再喝幾次也喝不膩。

例4.

<u>どんなに苦しくても最後まで頑張ってください。</u>

再怎麼辛苦也請堅持到底。

句型2

動詞ます形去ます＋う / よう（意量助動詞）

動詞ます形去ます＋ましょう（意量助動詞）

文法分析

　　本句型用於表達意量形之意志、勸誘、邀約的語氣，而常體部分則是使用「動詞ます形去ます＋う / よう」之說法，中文意思為「～吧！」，而敬體部分則是使用「動詞連用形（第二變化）＋ましょう」之說法，其中文意思亦為「～吧！」。以下說明意量助動詞之接續方式，如下：

　　第一類動詞（五段動詞）去ます「お段音」加上「う音」，而第二類動詞（上、下一段動詞）、第三類動詞（カ行、サ行變格動詞）去ます加上「よう音」，以下列表說明各類動詞之接續方式，如下：

第一類動詞（五段動詞）		
ます形	→	意量形
行^いきます（去）	→	行^いこう（行^いきましょう） （去吧！）
飲^のみます（喝）	→	飲^のもう（飲^のみましょう） （喝吧！）
言^いいます（說）	→	言^いおう（言^いいましょう） （說吧！）

第二類動詞（上、下一段動詞）		
ます形	→	意量形
覚^{おぼ}えます（記住）	→	覚^{おぼ}えよう（覚^{おぼ}えましょう） （記住吧！）
降^おります（下來）	→	降^おりよう（降^おりましょう） （下來吧！）
見^みます（看）	→	見^みよう（見^みましょう） （看吧！）

第三類動詞（サ、カ行變格動詞）		
ます形	→	意量形
します（做）	→	しよう（しましょう） （做吧！）
勉強^{べんきょう}します（學習）	→	勉強^{べんきょう}しよう（勉強^{べんきょう}しましょう） （學習吧！）
来^きます（來）	→	来^こよう（来^きましょう） （來吧！）

例句及翻譯

例1.

明日^{あした}は一緒^{いっしょ}に映画^{えいが}を見^みよう。（常體意量形）

明天一起看電影吧！

例2.

来月^{らいげつ}は友達^{ともだち}とホンコンへ旅行^{りょこう}に行^いきましょう。（敬體意量形）

下個月和朋友去香港旅行吧！

例3.

日曜日^{にちようび}は図書館^{としょかん}で一緒^{いっしょ}に勉強^{べんきょう}しよう。（常體意量形）

星期天在圖書館一起讀書吧！

句型3

中 動詞意量形＋と思う／思います

文法分析

　　說話者用於表達打算或是意圖做某動作之說法，中文意思為「打算～、想要～」，但若是說話者為第三人稱時，則要用進行式「思っている／思っています」之結構來表達。有關意量助動詞之接續方式，請參考句型2文法分析之說明（P.11）。而與此類似的結構也可以用「考えている／考えています」來替換其說法。「考えている／考えています」來替換其說法。以下舉例說明，如下：

　　アメリカへ遊びに行こうと思っています。

　　打算去美國玩。

　　アメリカへ遊びに行こうと考えています。

　　打算去美國玩。

　　另外，上述提到「動詞ている／動詞ています」有四種結構，如下：

　　① 現在進行式：

　　王さんはご飯を食べています。

　　王先生（小姐）正在吃飯。

② 習慣動作：

いつもコーヒーを<u>飲んでいます</u>。

總是在喝咖啡。

③ 過去式：

<u>木村</u>さんは<u>結婚しています</u>。

木村先生（小姐）已婚了。

④ 狀態：

<u>小林</u>さんは<u>京都</u>に<u>住んでいます</u>。

小林先生（小姐）住在京都。

　而打算之表達句型除了上述的「動詞意量形＋と思う／思います」、「動詞意量形＋と考える／考えます」之外，還有「動詞原形＋つもりだ／つもりです」之說法，而本句型請參考句型37文法分析之說明（P.94）。

例句及翻譯

例1.

<u>私</u>は<u>来年</u>インドへ<u>行こうと思います</u>。

我打算明年去印度。

例2.

<u>彼</u>は<u>最近</u>あの<u>家</u>を<u>買おうと思っています</u>。

他打算最近要買那房子。

例3.

陳さんは今年日本語能力試験N4を受けようと思っています。

陳先生（小姐）打算參加今年日語能力測驗N4。

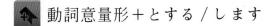 動詞意量形＋とする／します

文法分析

用於表達實現某動作行爲所做的努力及嘗試，中文意思爲「想要～、就要～」。有關意量助動詞之接續方式，請參考句型2文法分析之說明（P.11）。

例句及翻譯

例1.

林さんは自分でこの事を解決しようとします。

林先生（小姐）想要自己解決這件事。

例2.

彼は母と旅行へ行こうとします。

他想要和媽媽去旅行。

例3.

木村(きむら)さんのことを<u>忘(わす)れようとする</u>のに、なかなか忘(わす)れられません。

想要忘記木村小姐的事情，卻怎麼也忘不了。

句型5

 名詞を＋名詞＋にする／します

 名詞を＋イ形容詞（形容詞）語幹＋くする／します

 名詞を＋ナ形容詞（形容動詞）語幹＋にする／します

文法分析

　　用於表達將前項名詞當作後項名詞之用途，中文意思為「將～當作～、把～做為～」。在此句型當中需要留意的是イ形容詞（形容詞）語幹去「い」＋「く」、ナ形容詞（形容動詞）語幹＋「に」，此兩者之語幹當後面加上「く、に」即從原本為イ形容詞（形容詞）、ナ形容詞（形容動詞）轉為副詞之結構，修飾後面的形容詞或是動詞。而與「～にする／します」類似的句型為「～になる／なります」，其差異如下：

「～にする／します」與「～になる／なります」之比較例	
教室はやがて静かになりました。 （教室不久變安靜了。）	重點在於自然而然的安靜下來。
教室はやがて静かにしました。 （教室不久就安靜了。）	重點在於透過人為因素而安靜下來。

例句及翻譯

例1.

小林さんは母の話を参考にします。

小林先生（小姐）將媽媽的話當作參考。

例2.

政府は来週からこの近くの道を広くします。

政府從下週開始將要拓寬附近的道路。

例3.

陳さんはよく部屋を綺麗にします。

陳先生（小姐）經常把房間打掃乾淨。

句型**6**

名詞／代名詞は＋名詞が＋イ形容詞（形容詞）＋です（助動詞）

名詞／代名詞は＋名詞が＋ナ形容詞（形容動詞）＋だ／です（助動詞）

文法分析

　　用於表達對該名詞或話題進行形容詞之特性、特徵、區別之描述。名詞與ナ形容詞（形容動詞）「だ」爲常體之結構，「です」爲敬體之結構。而イ形容詞（形容詞）之常體語尾無任何結構，要留意不要與名詞及ナ形容詞（形容動詞）之常體結構「だ」混在一起。以下舉例說明，如下：

　　今日は天気が寒い。（○）

　　今天天氣很冷。

　　今日は天気が寒いだ。（×）

　　今天天氣很冷。（イ形容詞（形容詞）之常體語尾無任何結構，所以其後不可以出現「だ」（助動詞）。）

例句及翻譯

例1.

今日は天気が蒸し暑いです。
きょう　てんき　　む　あつ

今天天氣很悶熱。

例2.

ヨーロッパは建築が綺麗です。
けんちく　　きれい

歐洲的建築很漂亮。

例3.

佐藤さんは子供から頭がいいです。
さとう　　　こども　　あたま

佐藤先生（小姐）從小時候就很聰明。

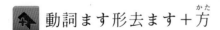

動詞ます形去ます＋方
かた

用於表達進行該動作之方法或樣子，此句型爲動詞ます形去「ます」，後面加上「方（方法）」而形成複合名詞之結構。以下列表說明其接續之方式，如下：

動詞結構	→	複合名詞
料理を作ります （做菜）	→	料理の作り方 （料理的做法）
単語を覚えます （背單字）	→	単語の覚え方 （單字的記法）
英語を復習します （複習英語）	→	英語の復習の仕方 （英語的複習方法）

例句及翻譯

例1.

この料理の食べ方はとても特別です。

這道菜的吃法很特別。

例2.

王さんの釣り方は他の人と違います。

王先生（小姐）的釣魚方式和其他人不同。

例3.

外国語の勉強の仕方について、どうすればいいですか。

有關外語的學習方式，要怎麼做才好呢？

句型 8

🔺 動詞 / イ形容詞（形容詞）/ ナ形容詞（形容動詞）/ 名詞 / 句子
＋から、動詞 / イ形容詞（形容詞）/ ナ形容詞（形容動詞）/ 句
子

🪶 文法分析

　　用於表達前後句之因果關係結構時，可用「から」來加以連接
前後句之內容，中文意思為「因為～，所以～」。一般而言，將「か
ら」置於句中稱之為接續助詞，其前方先表達事物的原因及理由，接
著再說明其結果。而另外將「から」置於句尾稱之為終助詞，則為先
說明事物之結果，再來表達事物之原因與理由。而類似的句型還有
「ので」及「て」之用法，「から」為主觀的表達方式，而「ので」
則是客觀表達及較禮貌、客氣之說法，此兩者都是表達因果關係之結
構。另外，「て」之用法也有因果關係之結構，但句子當中必須要有
情感表現、不可能表現之結構存在才可以當作因果關係之用法，否則
會變成前後關係之結構。以下為相關例句之說明，如下：

　あの人が会社に来ないのは病気になったからです。

　他沒來公司是因為生病了。

　風邪をひいたので、学校を休みました。

　因為感冒了，所以沒上學。

最近、忙しく<u>て</u>、ゆっくり休むことができません。

因為最近很忙，所以都無法好好休息。

松嶋さんに会えなく<u>て</u>、残念です。

由於無法見到松嶋先生（小姐），所以很遺憾。

例句及翻譯

例1.

日本の歌が大好き<u>だから</u>、日本語を勉強し始めます。

因為非常喜歡日文歌，所以才開始學日文。

例2.

最近、疲れる<u>から</u>、暇な時に少し休んだほうがいいです。

因為最近很疲倦，所以有空時最好稍微休息一下。

例3.

このレストランは料理がうまいです<u>から</u>、いつも込んでいます。

因為這家餐廳的菜很好吃，所以總是有很多客人。

句型9

動詞原形＋こと＋が＋できる / できます

名詞＋が＋できる / できます

文法分析

　　用於表達能力結構之句型，中文意思爲「可以～、能夠～、會～」。而「できる / できます」除了表達能力之意思外，尚有「完工、完了、交到」之意思，如下之例句說明。

　　この<ruby>近<rt>ちか</rt></ruby>くには<ruby>新<rt>あたら</rt></ruby>しいデパートができました。

　這附近新的百貨公司完工了。

　　<ruby>黄<rt>こう</rt></ruby>さんは<ruby>最近<rt>さいきん</rt></ruby>、<ruby>日本人<rt>にほんじん</rt></ruby>の<ruby>友達<rt>ともだち</rt></ruby>ができました。

　黃先生（小姐）最近交到日本朋友了。

　　另外，第一類動詞（五段動詞）動詞ます形爲「い段音」之結構，動詞原形要由「い段音」改成「う段音」之結構。而第二類動詞（上、下一段動詞）則是將語尾「ます」去掉改成「る」。第三類動詞（カ行變格動詞）則是「<ruby>来<rt>き</rt></ruby>ます→<ruby>来<rt>く</rt></ruby>る」，第三類動詞（サ行變格動詞）則是「します→する」，以下列表說明ます形改成原形之變化方式，如下：

第一類動詞（五段動詞）		
ます形	→	原形
<ruby>行<rt>い</rt></ruby>きます（去）	→	<ruby>行<rt>い</rt></ruby>く（去）
<ruby>飲<rt>の</rt></ruby>みます（喝）	→	<ruby>飲<rt>の</rt></ruby>む（喝）
<ruby>言<rt>い</rt></ruby>います（說）	→	<ruby>言<rt>い</rt></ruby>う（說）

第二類動詞（上、下一段動詞）		
ます形	→	原形
覚えます（記住）	→	覚える（記住）
降ります（下來）	→	降りる（下來）
見ます（看）	→	見る（看）

第三類動詞（サ、ヵ行變格動詞）		
ます形	→	原形
します（做）	→	する（做）
勉強します（學習）	→	勉強する（學習）
来ます（來）	→	来る（來）

例句及翻譯

例1.

林さんはやっと100メートルぐらい泳ぐことができます。

林先生（小姐）總算會游100公尺左右。

例2.

陳さんはおいしい料理を作ることができます。

陳先生（小姐）會做好吃的菜。

例3.

小林（こばやし）さんはダンスができます。

小林先生（小姐）會跳舞。

句型10

 句子／動詞／イ形容詞（形容詞）／ナ形容詞（形容動詞）／名詞
＋かどうか／疑問詞＋〜か

 疑問詞＋か＋動詞／イ形容詞（形容詞）／ナ形容詞（形容動詞）
／名詞だ（です）

文法分析

用於表達正反兩面內容之句型，中文意思爲「是否〜、是〜還
是〜」。本句型之前一項動詞、イ形容詞（形容詞）、ナ形容詞（形
容動詞）、名詞都需要用常體結構來表達。日語之語體分成常體及敬
體，常體用於平輩或晚輩，其結構爲「原形（動詞原形）、ない形
（否定形）、た形（過去形）、なかった形（過去否定）」，又稱爲
普通體。而敬體則是用於長輩、剛認識的友人……等，其結構爲「ま
す、です形」，又稱爲禮貌形。以下列表說明各詞性常體、敬體之結
構部分，如下：

動詞：以「飛ぶ（飛）」為例來說明

	現在肯定	現在否定	過去肯定	過去否定
常體	飛ぶ（原形）	飛ばない （ない形）	飛んだ （た形）	飛ばなかった （なかった形）
敬體	飛びます	飛びません	飛びました	飛びませんで した

イ形容詞（形容詞）：以「安い（便宜）」為例來說明

	現在肯定	現在否定	過去肯定	過去否定
常體	安い （原形）	安くない （ない形）	安かった （た形）	安くなかった （なかった形）
敬體	安いです	安くないです	安かったです	安くなかった です

ナ形容詞（形容動詞）：以「便利だ（方便）」為例來說明

	現在肯定	現在否定	過去肯定	過去否定
常體	便利だ （原形）	便利ではない 便利じゃない （口語） （ない形）	便利だった （た形）	便利ではなか った 便利じゃなか った（口語） （なかった 形）

	現在肯定	現在否定	過去肯定	過去否定
敬體	便利です	便利ではありません 便利じゃありません （口語）	便利でした	便利ではありませんでした 便利じゃありませんでした （口語）

名詞：以「学生だ（學生）」爲例來說明

	現在肯定	現在否定	過去肯定	過去否定
常體	学生だ （原形）	学生ではない 学生じゃない （口語） （ない形）	学生だった （た形）	学生ではなかった 学生じゃなかった（口語） （なかった形）
敬體	学生です	学生ではありません 学生じゃありません （口語）	学生でした	学生ではありませんでした 学生じゃありませんでした （口語）

　　以上ナ形容詞（形容動詞）與名詞「では」之結構，在口語上可以用「じゃ」來替換之。而在此句型前項部分ナ形容詞（形容動詞）

與名詞之原形常體結構「だ」要去除，才可以和本句型接續。以下列表說明其接續方式，如下：

名詞／ナ形容詞 （形容動詞）	→	かどうか （是否～）
雨だ（下雨）	→	雨かどうか （是否下雨）
病気だ（生病）	→	病気かどうか （是否生病）
便利だ（方便）	→	便利かどうか （是否方便）
綺麗だ（漂亮）	→	綺麗かどうか （是否漂亮）

例句及翻譯

例1.

小林さんが好きかどうか分かりません。

我不知道是否喜歡小林小姐。

例2.

黄さんは来月の社員旅行に参加するかどうか考えています。

黃先生（小姐）正在思考是否要參加下個月的員工旅遊。

例3.

あの<ruby>先生<rt>せんせい</rt></ruby>は<ruby>学校<rt>がっこう</rt></ruby>へ<ruby>来<rt>く</rt></ruby>るかどうか<ruby>分<rt>わ</rt></ruby>かりません。

我不知道那位老師是否會來學校。

例4.

どの<ruby>電子辞典<rt>でんしじてん</rt></ruby>がよいか<ruby>分<rt>わ</rt></ruby>からなくて、ちょっと<ruby>紹介<rt>しょうかい</rt></ruby>して<ruby>下<rt>くだ</rt></ruby>さい。

我不知道哪台電子辭典好,請幫我介紹一下。

句型11

 句子／動詞／イ形容詞(形容詞)／ナ形容詞(形容動詞)／名詞
＋かもしれない／かもしれません

文法分析

　　用於表達說話者當時對事物推測之句型,中文意思為「或許~、說不定~、可能~」。「かもしれない」為常體結構,而「かもしれません」為敬體結構,「かも」則是口語的表達用法。

　　另外,本句型之動詞、イ形容詞(形容詞)、ナ形容詞(形容動詞)、名詞都需要用常體結構來接續。而ナ形容詞(形容動詞)與名詞之原形常體結構「だ」要去除,才可以和本句型接續。以下列表說明,如下:

名詞 / ナ形容詞 （形容動詞）	→	かもしれない / かもし れません（或許～）
雨だ（下雨）	→	雨かもしれない / かもしれません （或許下雨）
病気だ（生病）	→	病気かもしれない / かもしれません （或許生病）
便利だ（方便）	→	便利かもしれない / かもしれません （或許方便）
綺麗だ（漂亮）	→	綺麗かもしれない / かもしれません （或許漂亮）

例句及翻譯

例1.

山田さんは教室の中にいるかもしれません。

山田先生（小姐）或許在教室裡。

例2.

来週のテストはとても難しいかもしれません。

下週的考試說不定很難。

例3.

許さんは来月日本へ旅行に行くかもしれません。
きょ　　　　らいげつにほん　　りょこう　　い

許先生（小姐）或許下個月去日本旅行。

句型**12**

 名詞／代名詞が＋聞こえる（聞こえます）／見える（見えます）
　　　　　　　　　　　　き　　　　　　　き　　　　　　み　　　　み
／わかる（わかります）（能力動詞）

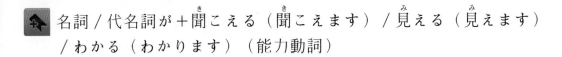 文法分析

　　用於表達可能表現之句型，中文意思為「聽得到～、看得到～、
知道～」。而わかる（わかります）因日語國語辭典當中字面的解釋
具有「理解できる（可以理解）」之意思，所以也歸屬於此句型。
　　　りかい

例句及翻譯

例1.

ここから海の音が聞こえます。
　　　　うみ　おと　き

從這裡可以聽得到海的聲音。

例2.

あそこのビルから<ruby>東京<rt>とうきょう</rt></ruby>スカイツリーが<ruby>見<rt>み</rt></ruby>えます。

從那裡的大樓看得到東京晴空塔。

例3.

この<ruby>文型<rt>ぶんけい</rt></ruby>の<ruby>使<rt>つか</rt></ruby>い<ruby>方<rt>かた</rt></ruby>がわかりますか。

你知道這個句型的使用方法嗎？

句型13

お＋動詞ます形去ます＋になる（なります）（尊敬語）

ご＋漢語動詞語幹＋になる（なります）（尊敬語）

お＋動詞ます形去ます＋する（します）（謙讓語）

ご＋漢語動詞語幹＋する（します）（謙讓語）

文法分析

　　用於表達敬語表現之句型，日語敬語表現分成兩種方式，其一爲提高對方之立場，一般用於對長輩、地位高者、顧客……等，其表達方式爲「お＋動詞ます形去ます＋になる（なります）（請您～）、ご＋漢語動詞語幹＋になる（なります）（請您～）」。而漢語動詞語幹爲第三類動詞（サ行變格動詞）ます形去掉「します」之結構。以下列表說明其方式，如下：

ます形	→	漢語動詞語幹
勉強します（學習）	→	勉強（學習）
予習します（預習）	→	予習（預習）
出張します（出差）	→	出張（出差）

　　而另外一種方式則爲降低自己的地位或立場，一般用於自己或是屬於我方之朋友等，其表達方式爲「お＋動詞ます形去ます＋する（します）（我爲您～）、ご＋漢語動詞語幹＋する（します）（我爲您～）」。以下列表說明其接續方式，如下：

動詞	尊敬語	謙讓語
持ちます（帶、拿）	お持ちになります （請您拿）	お持ちします （我為您拿）
買います（買）	お買いになります （請您買）	お買いします （我為您買）
売ります（賣）	お売りになります （請您賣）	お売りします （我為您賣）
利用します（利用）	ご利用になります （請您使用）	ご利用します （我為您使用）

　　另外，除了上述句型之外，還有一些屬於不規則之情況，在下列表格中列出常用之特殊敬語動詞，如下：

動詞	尊敬語	謙讓語
行きます（去）	いらっしゃいます（您去）	参ります（我去）
来ます（來）	いらっしゃいます（您來）	参ります（我來）
います（在）	いらっしゃいます（您在）	おります（我在）
します（做）	なさいます（您做）	いたします（我做）
食べます、飲みます（吃、喝）	召し上がります（您吃、喝）	いただきます（我吃、喝）
言います（說）	おっしゃいます（您說）	申します（我說）
見ます（看）	ご覧になります（您看）	拝見します（我看）

例句及翻譯

例1.

課長さんはもうこの説明書をお読みになりました。

課長已經看了這份說明書。

例2.

部長さんは先週この土地をお売りになりました。

部長上週賣了這塊土地。

例3.

インタネットサービスをご利用になる前に、次の説明をお読み下さい。

在利用網路服務之前，請閱讀以下之説明。

例4.

私は銀行で働いておりますが、そちらはどちらで働いていらっしゃいますか。

我在銀行上班，而您在哪裡高就呢？

例5.

先生はあの映画をもうご覧になりましたか。

老師您看過那部電影了嗎？

句型14

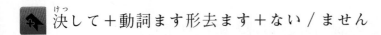

決して＋動詞ます形去ます＋ない／ません

 文法分析

　　用於否定形或是表達禁止方式之句型，中文意思為「決不～、絕對不～」，表示加強語氣或是自己的決心或意志。其類似之用法為「絶対ぜったいに＋動詞ます形去ます＋ない／ません，有關「ない、ません」之變化方式，請參考句型1文法分析之說明（P.8）。

例句及翻譯

例1.
彼かれは決けっして嘘うそをついていません。

他決不說謊。

例2.
あの日ひの事ことは決けっして忘わすれられないです。

我決不會忘記那天的事情。

例3.
これから、絶対ぜったいに泣なきません。

今後絕對不哭。

例4.
あの人ひとと絶対ぜったいに付つき合あいたくないです。

我絕對不想和他交往。

句型15

 動詞原形＋こと

 文法分析

　用於之後要接助詞或助動詞時，需要使用動詞名詞化之結構，如同名詞之作用一般。有關動詞原形之變化結構，請參考句型9文法分析之說明（P.24）。

例句及翻譯

例1.

<ruby>林<rt>りん</rt></ruby>さんの<ruby>趣味<rt>しゅみ</rt></ruby>は<ruby>海外旅行<rt>かいがいりょこう</rt></ruby>をすることです。

林先生（小姐）的興趣是海外旅行。

例2.

<ruby>福山<rt>ふくやま</rt></ruby>さんはスペイン<ruby>語<rt>ご</rt></ruby>を<ruby>話<rt>はな</rt></ruby>すことができます。

福山先生（小姐）會說西班牙語。

例3.

<ruby>安<rt>あん</rt></ruby>さんとおしゃべりすることは<ruby>楽<rt>たの</rt></ruby>しいです。

跟安先生（小姐）閒聊是很愉快的事情。

句型16

動詞原形＋こと＋が／も＋ある／あります

文法分析

　　用於表示不是經常性之動作，而是偶爾發生之事情，中文意思爲「有時～、偶爾～」。

例句及翻譯

例1.

ここでは大_{おお}きい地震_{じしん}が<u>起_おこることがあります</u>。

這邊有時會發生大地震。

例2.

王_{おう}さんは最近_{さいきん}、外_{そと}で食事_{しょくじ}を<u>することもあります</u>。

王先生（小姐）最近偶爾也會在外面吃飯。

例3.

投資_{とうし}のことについて、インターネットで調_{しら}べても<u>分_わからないことがあります</u>。

有關於投資事項，即使在網路上查詢有時也會不了解。

句型17

> 動詞原形＋こと／名詞＋にする／します

> 動詞原形＋こと／名詞＋にしている／しています

文法分析

　　用於表示說話者自己所做的決定，中文意思為「決定～」。另外，句尾可改成「動詞原形＋こと／名詞＋にしている／しています」之方式來表達，其用於因某個決定而形成之習慣或規矩，中文意思亦為「決定～」。

例句及翻譯

例1.
健康<ruby>健康<rt>けんこう</rt></ruby>のために、<ruby>毎日一時間<rt>まいにちいちじかん</rt></ruby>ほど<ruby>散歩<rt>さんぽ</rt></ruby>することにしています。

為了健康決定每天散步1小時左右。

例2.
この<ruby>事<rt>こと</rt></ruby>について、よく<ruby>考<rt>かんが</rt></ruby>えてみることにします。

有關這件事情決定好好地思考看看。

例3.

今晩、この料理を作ることにします。
こんばん　　　　　　　　りょうり　　つく

今晚決定作這道菜。

句型18

 動詞原形＋こと／名詞＋になる／なります
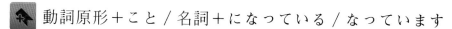 動詞原形＋こと／名詞＋になっている／なっています

 文法分析

　　用於表示非自己意志所做的決定，而是著重於自然演變之結果或規則、規定、習俗等之表現，中文意思爲「決定～」。另外，句尾可改成「動詞原形＋こと／名詞＋になっている／なっています」之方式來表達，中文意思亦爲「按規定～、決定～」。

例句及翻譯

例1.

最近、日本政府は消費税を上げることになります。
さいきん　にっぽんせいふ　　しょうひぜい　あ

最近日本政府決定提高消費税。

例2.

あの会社は来月から社員の給料を<u>下げることになります</u>。

那家公司從下個月開始決定調降公司員工的薪水。

例3.

皆さんはパーティーへ行く人が横浜駅で<u>待ち合わせることに</u>
<u>なっています</u>。

大家決定要去舞會的人在橫濱車站集合。

句型19

🔝 イ形容詞（形容詞）去い＋さ／み

🔝 ナ形容詞（形容動詞）語幹＋さ／み

文法分析

　　透過此句型將イ形容詞（形容詞）／ナ形容詞（形容動詞）變成
名詞之方式，來表達該事物的屬性狀態。イ形容詞（形容詞）去い＋
「さ／み」，而ナ形容詞（形容動詞）語幹＋「さ／み」。但請留意
不是所有的イ形容詞（形容詞）／ナ形容詞（形容動詞）其後皆可接
「さ／み」。以下列表說明其方式，如下：

イ形容詞（形容詞）/ ナ形容詞（形容動詞）	→	名詞
重^{おも}い（重的）	→	重^{おも}さ（重量）、 重^{おも}み（份量）
強^{つよ}い（強的）	→	強^{つよ}さ（強度）、 強^{つよ}み（長處）
甘^{あま}い（甜的）	→	甘^{あま}さ（甜味）、 甘^{あま}み（甜度）
透明^{とうめい}だ（透明）	→	透明^{とうめい}さ（透明程度）
正確^{せいかく}だ（正確）	→	正確^{せいかく}さ（正確性）
新鮮^{しんせん}だ（新鮮）	→	新鮮^{しんせん}み（新鮮度）

例句及翻譯

例1.

試用期間^{しようきかん}の長^{なが}さはどのくらいにすべきですか。

試用期應該要多長呢？

例2.

宇宙^{うちゅう}の大^{おお}きさについて、計算^{けいさん}できますか。

有關宇宙之大小可以計算嗎？

例3.

インターネットの便利さは誰でも知っています。

任何人都知道網路的便利性。

例4.

このすいかは甘みがありません。

這顆西瓜不甜。

例5.

このシーフードは新鮮みが足りないです。

這個海鮮新鮮度不夠。

 動詞ます形去ます＋せる（せます）／させる（させます）

文法分析

　　透過此句型表達使役之表現，讓某人做某動作，中文意思爲「讓～做～」。以下說明使役結構之表現方式，如下：

　　在接續上，第一類動詞（五段動詞）去ます用あ段音加「せる（せます）」，若ます前面爲「い」音時，則屬例外情況要用「わ」音加上「せる（せます）」。而第二類動詞（上、下一段動詞）則是去ます加「させる（させます）」，第三類動詞（カ行變格動詞）則

是来音加「させる（させます）」，第三類動詞（サ行變格動詞）則是將「します」改成「させる（させます）」。

　　當表達使役之表現時，原則上動詞若爲他動詞，則其對象之助詞爲「に」，而該動詞若爲自動詞時，則其對象之助詞爲「を」。以下列出各類動詞之使役表現，如下：

第一類動詞（五段動詞）		
ます形	→	使役表現
行きます（去）	→	行かせる（行かせます） （讓～去）
飲みます（喝）	→	飲ませる（飲ませます） （讓～喝）
言います（說）	→	言わせる（言わせます） （讓～說）

第二類動詞（上、下一段動詞）		
ます形	→	使役表現
覚えます（記住）	→	覚えさせる（覚えさせます） （讓～記住）
降ります（下來）	→	降りさせる（降りさせます） （讓～下來）
見ます（看）	→	見させる（見させます） （讓～看）

第三類動詞（サ、カ行變格動詞）		
ます形	→	使役表現
します（做）	→	させる（させます） （讓～做）
勉強します（學習）	→	勉強させる（勉強させます） （讓～學習）
来ます（來）	→	来させる（来させます） （讓～來）

　　而上述提到自、他動詞，在此加以說明，如下：

　　日文特有的自、他動詞，在中文語法中並沒有此類似的結構，類似英文的不及物動詞、及物動詞。自動詞屬於自然現象或生理現象……等，其前面之助詞可為「が、に、へ」。而他動詞可以用中文的前方具有受詞或對象之概念來說明，如「ご飯を食べます（吃飯）、映画を見ます（看電影）」，當中「ご飯（飯）、映画（電影）」為受詞或是當作對象之概念，其助詞為「を」。以下列表說明常出現的部分自、他動詞，如下：

自、他動詞對照	
自動詞	他動詞
上がります（上升）	上げる（提高、提升）
開きます（開）	開けます（打開）
集まります（聚集）	集めます（收集）
落ちます（掉下）	落とします（掉落）
掛かります（懸著、掛）	掛けます（懸掛）
消えます（熄滅）	消します（關）
決まります（決定）	決めます（決定）
出ます（出去）	出します（寄出、送出）
入ります（進入）	入れます（加入）
始まります（開始）	始めます（開始、開創）

　　另外，與使役表現相關之句型還有以下之表現方式，如下：

　　「動詞未然形（第一變化）＋（さ）せてください」（請讓某人做某動作）、「動詞未然形（動詞第一變化）＋（さ）せていただけませんか」（可否容許某人做某動作）之表現方式，一般用於請求或是許可之表現，以下列出「動詞使役形＋てください／ていただけませんか」之接續方式，如下：

第一類動詞（五段動詞）		
使役形	→	請求表現 〜てください（請〜）／ 〜ていただけませんか （請您〜）
行かせます（讓我去）	→	行かせてください （請讓我去）／ 行かせていただけませんか （可否容許我去）
飲ませます（讓我喝）	→	飲ませてください （請讓我喝）／ 飲ませていただけませんか （可否容許我喝）
言わせます（讓我説）	→	言わせてください （請讓我説）／ 言わせていただけませんか （可否容許我説）

第二類動詞（上、下一段動詞）		
使役形	→	請求表現 〜てください（請〜）/ 〜ていただけませんか （請您〜）
覚えさせます （讓我記住）	→	覚えさせてください （請讓我記住）/ 覚えさせていただけませんか （可否容許我記住）
降りさせます （讓我下來）	→	降りさせてください （請讓我下來）/ 降りさせていただけませんか （可否容許我下來）
見させます （讓我看）	→	見させてください （請讓我看）/ 見させていただけませんか （可否容許我看）

第三類動詞（サ、カ行變格動詞）		
使役形	→	請求表現 ～てください（請～）/ ～ていただけませんか （請您～）
させます （讓我做）	→	させてください （請讓我做）/ させていただけませんか （可否容許我做）
勉強^{べんきょう}させます （讓我學習）	→	勉強^{べんきょう}させてください （請讓我學習）/ 勉強^{べんきょう}させていただけませんか （可否容許我學習）
来^きさせます （讓我來）	→	来^こさせてください （請讓我來）/ 来^こさせていただけませんか （可否容許我來）

　　有關使役相關之句型，請參照以下的例句及翻譯之解說。而有關動詞て形結構，請參考句型1文法分析之說明（P.4）。

例句及翻譯

例1.

両親は子供を日本へ勉強に行かせました。

父母親讓小孩子到日本唸書。

（行きます（去）屬自動詞，其對象之助詞為「を」）

例2.

私は犬に果物を食べさせました。

我讓狗狗吃了水果。

（食べます（吃）屬他動詞，其對象之助詞為「に」）

例3.

小栗さんはよく友達に遊びに来させました。

小栗先生（小姐）經常讓朋友來玩。

（来ます（來）屬自動詞，其對象之助詞為「を」）

例4.

この事は小林さんにあなたを手伝わせて下さい。

這件事情請讓小林先生（小姐）幫助你。

（手伝います（幫忙）屬他動詞，其對象之助詞為「に」）

例5.

すみませんが、今回のイベントを説明させていただけませんか。

不好意思，可否容許我説明這次的活動嗎？

動詞ます形去ます＋せられる（せられます）／させられる（させられます）

 文法分析

　　透過此句型表達使役被動之表現，中文意思為「～被迫於～」，當中包含受害被迫之感覺。以下說明使役被動之表現方式，如下：

　　在接續上，第一類動詞（五段動詞）去ます用あ段音加「せられる（せられます）」，而第一類動詞（五段動詞）使役被動的表現，除了用「動詞ます形去ます＋せられる（せられます）」之外，還可以說成「動詞ます形去ます＋される（されます）」。而第二類動詞（上、下一段動詞）則是去ます加「させられる（させられます）」，第三類動詞（カ行變格動詞）則是来音加「させられる（させられます）」，第三類動詞（サ行變格動詞）則是將「します」改成「させられる（させられます）」。以下列出各類動詞之使役被動表現，如下：

第一類動詞（五段動詞）		
ます形	→	使役被動表現
行^いきます（去）	→	行^いかせられる （行^いかせられます）/ 行^いかされる （行^いかされます） （被迫叫去）
飲^のみます（喝）	→	飲^のませられる （飲^のませられます）/ 飲^のまされる （飲^のまされます） （被叫去喝）
言^いいます（說）	→	言^いわせられる （言^いわせられます）/ 言^いわされる （言^いわされます） （被叫去說）

第二類動詞（上、下一段動詞）		
原形	→	使役被動表現
覚えます（記住）	→	覚えさせられる（覚えさせられます）（被叫去記）
降ります（下來）	→	降りさせられる（降りさせられます）（被叫下來）
見ます（看）	→	見させられる（見させられます）（被叫去看）

第三類動詞（サ、カ行變格動詞）		
原形	→	使役表現
します（做）	→	させられる（させられます）（被叫去做）
勉強します（學習）	→	勉強させられる（勉強させられます）（被叫去學習）
来ます（來）	→	来させられる（来させられます）（被叫來）

有關使役被動之例句，請參照以下的例句及翻譯之解說。

例句及翻譯

例1.

鈴木君は田中先生に夏休みの宿題を書かせられます。

鈴木同學被田中老師叫去寫暑假作業。

例2.

最近、両親に嫌いな食べ物を食べさせられました。

最近父母親強迫我吃不喜歡的食物。

例3.

織田さんはこの料理の旨さに感動させられました。

織田先生（小姐）被這道菜的美味而感動了。

例4.

鈴木君は田中先生に夏休みの宿題を書かされます。

鈴木同學被田中老師叫去寫暑假作業。

（此例句與例1相同，使役被動表現也可以「動詞ます形去ます＋される（されます）」句型來表達，但僅限於第一類動詞（五段動詞）。）

動詞／イ形容詞（形容詞）／ナ形容詞（形容動詞）／句子＋し＋動詞／イ形容詞（形容詞）／ナ形容詞（形容動詞）／句子

 文法分析

　　透過此句型來表達列舉或是原因、理由之方式，中文意思為「又～又～、既～又～、因為～所以～」。而表達原因、理由之方式可以用「から、ので」之說法來替換，請參照以下的例句及翻譯之解說。

例句及翻譯

例1.
あの犬は毛色も綺麗だし、様子も可愛いです。
那隻狗毛色既漂亮，又樣子也很可愛。

例2.
最近、大雨も降るし、風も強いです。
最近又下大雨，又風也很大。

例3.

お金もない<u>し</u>、よくインスタントラーメンを食べます。

因爲沒錢，所以經常吃泡麵。

例4.

お金もない<u>から</u>、よくインスタントラーメンを食べます。

因爲沒錢，所以經常吃泡麵。

例5.

用事もある<u>し</u>、また今度お願いします。

因爲我還有事，所以請下次再約吧！

例6.

用事もある<u>ので</u>、また今度お願いします。

因爲我還有事，所以請下次再約吧！

句型23

動詞ます形去ます / イ形容詞（形容詞）去い / ナ形容詞（形容動詞）語幹 / 名詞＋すぎる / すぎます

文法分析

　　透過此句型來表達動作行為或是狀態過度之方式，中文意思為「太～、過於～」。以下說明過度表現之接續方式，如下：

　　動詞部分用動詞ます形去ます加「すぎる／すぎます」，而イ形容詞（形容詞）則是去い加「すぎる／すぎます」，ナ形容詞（形容動詞）語幹或是名詞加「すぎる／すぎます」。以下列出動詞及イ形容詞（形容詞）、ナ形容詞（形容動詞）加「すぎる／すぎます」之變化方式，如下：

第一類動詞（五段動詞）		
ます形	→	過度表現 （すぎる／すぎます） （太～、過於～）
買^かいます（買）	→	書いすぎる／すぎます （買太多）
飲^のみます（喝）	→	飲^のみすぎる／すぎます （喝太多）
言^いいます（說）	→	言^いいすぎる／すぎます （說太多、說得過火）

第二類動詞（上、下一段動詞）		
ます形	→	過度表現 （すぎる／すぎます） （太〜、過於〜）
考^{かんが}えます（想）	→	考^{かんが}えすぎる／すぎます （想太多）
食^たべます（吃）	→	食^たべすぎる／すぎます （吃太多）
見^みます（看）	→	見^みすぎる／すぎます （看太多）

第三類動詞（サ、カ行變格動詞）		
ます形	→	過度表現 （すぎる／すぎます） （太〜、過於〜）
します（做）	→	しすぎる／すぎます （做太多）
勉強^{べんきょう}します（學習）	→	勉強^{べんきょう}しすぎる／すぎます （過度學習）
来^きます（來）	→	来^きすぎる／すぎます （來太多）

名詞 / ナ形容詞（形容動詞）/ イ形容詞（形容詞）	→	過度表現 （すぎる / すぎます） （太～、過於～）
子供<small>こども</small>だ（小孩）	→	子供<small>こども</small>すぎる / すぎます （太小）
親切<small>しんせつ</small>だ（熱情、親切）	→	親切<small>しんせつ</small>すぎる / すぎます （太熱情）
真面目<small>まじめ</small>だ （認真、老實）	→	真面目<small>まじめ</small>すぎる / すぎます （太認真）
美味<small>おい</small>しい（好吃）	→	美味<small>おい</small>しすぎる / すぎます （太好吃）
甘<small>あま</small>い（甜）	→	甘<small>あま</small>すぎる / すぎます （太甜）

例句及翻譯

例1.

最近<small>さいきん</small>、夜食<small>やしょく</small>の時<small>とき</small>、食<small>た</small>べ物<small>もの</small>を食<small>た</small>べすぎて、3キロ太<small>ふと</small>りました。

最近宵夜時間吃太多食物，而胖了3公斤。

例2.

この店の料理は美味しすぎるので、もし、席を予約しなかったら、よく列ができます。

因為這家店的菜太好吃，所以要是沒預定座位常常要排隊。

例3.

この数学問題は複雑すぎるため、学生たちもできません。

由於這題數學問題太複雜，所以學生們都不會。

句型24

動詞ます形去ます＋ず（に）＋動詞／句子

文法分析

　　透過此句型來表達前後兩個動作之間的關係，不做前面動作之狀態下，而做了後面之動作情況，中文意思為「不～」。以下說明否定表現之接續方式，如下：

　　在接續上，第一類動詞（五段動詞）去ます用あ段音加「ず（に）、ない」，若ます前面為「い」音時，則屬例外情況要用「わ」音加上「ず（に）、ない」。而第二類動詞（上、下一段動詞）則是去ます加「ず（に）、ない」，第三類動詞（カ行變格動詞）則是来音加「ず（に）、ない」，第三類動詞（サ行變格動詞）

則是將「します」改成「せ」加「ず（に）」，去ます加「ない」。

　另外，類似的句型表達還有「動詞ない形で＋動詞／句子」，但「動詞ます形去ます＋ず（に）＋動詞／句子」屬於文章性之表現。以下列出各類動詞之否定接續表現，如下：

第一類動詞（五段動詞）		
ます形	→	否定表現 〜ず（に）／〜ない （不〜）
行^いきます（去）	→	行^いかず（に）／行^いかない （不去）
飲^のみます（喝）	→	飲^のまず（に）／飲^のまない （不喝）
言^いいます（說）	→	言^いわず（に）／言^いわない （不說）

第二類動詞（上、下一段動詞）		
ます形	→	否定表現 〜ず（に）／〜ない （不〜）
覚^{おぼ}えます（記得）	→	覚^{おぼ}えず（に）／覚^{おぼ}えない （不記得）
降^おります（下來）	→	降^おりず（に）／降^おりない （不下來）
見^みます（看）	→	見^みず（に）／見^みない（不看）

則是將「します」改成「せ」加「ず（に）」，去ます加「ない」。

　另外，類似的句型表達還有「動詞ない形で＋動詞／句子」，但「動詞ます形去ます＋ず（に）＋動詞／句子」屬於文章性之表現。以下列出各類動詞之否定接續表現，如下：

第一類動詞（五段動詞）		
ます形	→	否定表現 〜ず（に）／〜ない （不〜）
行（い）きます（去）	→	行（い）かず（に）／行（い）かない （不去）
飲（の）みます（喝）	→	飲（の）まず（に）／飲（の）まない （不喝）
言（い）います（說）	→	言（い）わず（に）／言（い）わない （不說）

第二類動詞（上、下一段動詞）		
ます形	→	否定表現 〜ず（に）／〜ない （不〜）
覚（おぼ）えます（記得）	→	覚（おぼ）えず（に）／覚（おぼ）えない （不記得）
降（お）ります（下來）	→	降（お）りず（に）／降（お）りない （不下來）
見（み）ます（看）	→	見（み）ず（に）／見（み）ない（不看）

第三類動詞（サ、カ行變格動詞）		
ます形	→	否定表現 〜ず（に）／〜ない （不〜）
します（做）	→	せず（に）／しない （不做）
勉強_{べんきょう}します（學習）	→	勉強_{べんきょう}せず（に）／勉強_{べんきょう}しない （不學習）
来_きます（來）	→	来_こず（に）／来_こない （不來）

例句及翻譯

例1.

木村_{きむら}さんは最近_{さいきん}、朝_{あさ}ご飯_{はん}を食_たべずに、学校_{がっこう}へ行_いきます。

木村先生（小姐）最近不吃早餐而去學校。

例2.

藤井_{ふじい}さんは仕事_{しごと}をせずに、休_{やす}んでいます。

藤井先生（小姐）不工作而在休息。

例3.

今日_{きょう}は電車_{でんしゃ}に乗_のらずに、会社_{かいしゃ}まで歩_{ある}いて行_いきます。

今天不搭電車而走路到公司去。

例4.

佐藤さんは夏休みの宿題を書かないで、ゲームをします。

佐藤先生（小姐）不寫暑假作業而玩在遊戲。

例5.

山下さんはビールを飲まないで、りんごジュースを飲みます。

山下先生（小姐）不喝啤酒而喝蘋果汁。

句型25

 動詞／句子＋接續助詞＋動詞／句子

 文法分析

透過適當或合適的接續助詞來連接前後句子之語意關係。

例句及翻譯

例1.

彼は一生懸命に勉強しました。けれども、成績が悪かったです。

他很拼命用功了，但是成績不好。

例2.

昨日は朝までずっと起きていました。それで今日はとても疲れてしまいました。

昨天一直到早上都沒睡，所以今天很疲倦。

例3.

今日はラーメンを食べますか、それとも定食を食べますか。

今天要吃拉麵，還是要吃套餐呢？

例4.

このラーメンはとてもおいしいです。それに値段も安いです。

這碗拉麵很好吃，而且價格也很便宜。

句型26

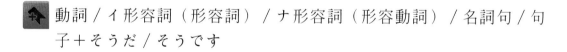
動詞／イ形容詞（形容詞）／ナ形容詞（形容動詞）／名詞句／句子＋そうだ／そうです

文法分析

本句型屬於傳聞之用法，說話者透過外界間接得到之情報，來傳達給第三者之表現，中文意思為「聽說～、根據～」。而本句型之動詞、イ形容詞（形容詞）、ナ形容詞（形容動詞）、名詞都需要用常體結構來連接「そうだ／そうです」。有關常體結構，請參考句型10

文法分析之說明（P.26）。若要明確指出外在的情報來源，可用「～によると、～そうだ／そうです」之句型來表現。

　　另外，與此相關的句型還有「～によると、～ということだ／～ということです」、「～ということだ／～ということです」、「～って」之句型來表現，而「～って」為口語之表達方式。

例句及翻譯

例1.

ニュースによると、今週の水曜日から台風が来るそうです。

根據新聞報導，從本週三開始颱風要來。

例2.

あのレストランの料理はとてもうまいそうです。

聽說那家餐廳的菜很好吃。

例3.

加藤さんはスペイン語がとても上手だそうです。

聽說加藤先生（小姐）西班牙文很棒。

例4.

青山さんの話によると、瀬戸さんが病気になったそうです。

根據青山先生（小姐）的說法，瀬戸先生（小姐）生病了。

例5.

最近、インターネットが<u>使い放題になるということです</u>。

聽說最近網路都是上網吃到飽。

句型27

 動詞ます形去ます / イ形容詞（形容詞）去い / ナ形容詞（形容動詞）＋そうだ / そうです

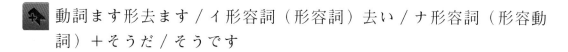 文法分析

　　本句型屬於樣態之用法，說話者透過視覺器官觀察外在事物，而加以描述之表現，中文意思為「好像～、似乎～」。以下說明樣態表現之接續方式，如下：

　　動詞ます形去ます來連接「そうだ / そうです」，ナ形容詞（形容動詞）語幹來連接「そうだ / そうです」，而イ形容詞（形容詞）去い來連接「そうだ / そうです」。

　　另外，樣態表現的肯定與否定形之結構列表如下：

樣態表現		
肯定形	→	否定形
動詞ます形去ます＋そうだ／そうです	→	動詞ない形去い＋さそうだ／さそうです
雨が降りそうです（好像要下雨的樣子）	→	雨が降らなさそうです（好像沒下雨的樣子）
イ形容詞（形容詞）去い＋そうだ／そうです	→	イ形容詞（形容詞）去い＋く＋なさそうだ／なさそうです
美味しそうです（好像很好吃）	→	美味しくなさそうです（好像不好吃）
ナ形容詞（形容動詞）＋そうだ／そうです	→	ナ形容詞（形容動詞）＋ではなさそうだ／ではなさそうです
便利そうです（好像很方便）	→	便利ではなさそうです（好像不方便）
名詞＋そうだ／そうです（名詞結構後面無法接そうだ／そうです）（×）	→	名詞＋ではなさそうだ／ではなさそうです
	→	雨ではなさそうです（好像沒下雨）
動詞ます形去ます＋そうだ／そうです	→	動詞ます形去ます＋そうもない／そうもありません
行きそうです（好像會去）	→	行きそうもありません（好像不去）

以上，須注意的是肯定形之名詞後面無法與「そうだ／そうです」接續，但是否定形卻是可以。若要表達名詞的樣態結構則要使用「みたい、ようだ／ようです」等句型來表現。而否定形除了使用「動詞ない形去い＋さそうだ／さそうです」之方式表達，還可以用「動詞ます形去ます＋そうもない／そうもありません」，中文意思為「好像沒有～」。

例句及翻譯

例1.

このカステラはとても美味<ruby>美味<rt>お い</rt></ruby>しそうです。

這條蜂蜜蛋糕好像很好吃。

例2.

<ruby>淡水<rt>たんすい</rt></ruby>はよく<ruby>雨<rt>あめ</rt></ruby>が<ruby>降<rt>ふ</rt></ruby>りそうです。

淡水好像經常下雨的樣子。

例3.

<ruby>息子<rt>むすこ</rt></ruby>は<ruby>成績<rt>せいせき</rt></ruby>がいいので、<ruby>両親<rt>りょうしん</rt></ruby>も<ruby>嬉<rt>うれ</rt></ruby>しそうに<ruby>笑<rt>わら</rt></ruby>っています。

由於兒子的成績不錯，所以雙親也很高興地笑著。

例4.

<ruby>王<rt>おう</rt></ruby>さんは<ruby>日本語<rt>にほんご</rt></ruby>を<ruby>勉強<rt>べんきょう</rt></ruby>し<ruby>続<rt>つづ</rt></ruby>けそうもありません。

王先生（小姐）好像沒有要繼續學日文的樣子。

例5.

謝さんは日本へ行き<u>そうもない</u>です。

謝先生（小姐）好像沒有要去日本的樣子。

句型28

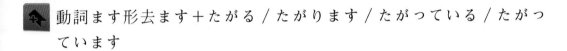 動詞ます形去ます＋たがる／たがります／たがっている／たがっ
ています

 文法分析

　　本句型屬於表達個人的動作希望，其中文意思為「想要～」。但
只能用在說話者為第三人稱之動作表現，若要用於第一人稱或是第二
人稱時，則要使用「動詞ます形去ます＋たい／たいです」之句型來
表現。而「たい」的語尾變化與イ形容詞（形容詞）結構相同，請參
考句型10文法分析之解說（P.26）。「たい」之前方助詞若為「を」，
在表達「たい／たいです／たくない／たくないです」之句型時，可
將助詞「を」改成「が」，此時用「が」之結構比「を」之結構語氣
來得強烈。請參考下列例句，如下：

日本料理<u>を</u>食べたいです。

想吃日本料理。

日本料理が食べたいです。

想吃日本料理。

（本句用「が」，比上句有更想吃日本料理之語感）

而還可以用「動詞ます形去ます＋たがっている／たがっています」之句型來表達「目前正在想～」之説法。以下列出各類動詞希望表現之接續方式，如下：

第一類動詞（五段動詞）		
ます形	→	希望表現 ～たい／たがる （想～）
行きます（去）	→	行きたい／行きたがる （想去）
飲みます（喝）	→	飲みたい／飲みたがる （想喝）
言います（說）	→	言いたい／言いたがる （想說）

第二類動詞（上、下一段動詞）

ます形	→	希望表現 ～たい / たがる （想～）
覚^{おぼ}えます（記得）	→	覚^{おぼ}えたい / 覚^{おぼ}えたがる （想記得）
降^おります（下來）	→	降^おりたい / 降^おりたがる （想下來）
見^みます（看）	→	見^みたい / 見^みたがる （想看）

第三類動詞（サ、カ行變格動詞）

ます形	→	希望表現 ～たい / たがる （想～）
します（做）	→	したい / したがる （想做）
勉強^{べんきょう}します（學習）	→	勉強^{べんきょう}したい / 勉強^{べんきょう}した がる（想學習）
来^きます（來）	→	来^きたい / 来^きたがる （想來）

例句及翻譯

例1.

彼_{かれ}は来年_{らいねん}日本_{にほん}へ留学_{りゅうがく}に行_いきたがります。

他明年想要去日本留學。

例2.

皆_{みな}さんは懐石料理_{かいせきりょうり}を食_たべたがっています。

大家想要吃懷石料理。

例3.

張_{ちょう}さんは将来日本商社_{しょうらいにほんしょうしゃ}で働_{はたら}きたがっています。

張先生（小姐）將來想要在日本商社工作。

句型29

名詞／代名詞／動詞／イ形容詞（形容詞）／ナ形容詞（形容動詞）＋だけでなく、名詞／代名詞も＋動詞／イ形容詞（形容詞）／ナ形容詞（形容動詞）

文法分析

本句型為表示「兩者都～」之意思，中文意思為「不只～還～、不僅～也～」。「だけ」表示只有、只是，用於肯定句之表現，而

73

使用否定表現則是表達前項部分「不只是～」，而後項部分也包含某種情況。在接續上，動詞直接用原形接本句型，名詞與イ形容詞（形容詞）後面也直接接本句型，但ナ形容詞（形容動詞）則是在本句型前面要加上「な」，例如「ナ形容詞（形容動詞）＋な＋だけでなく」。以下列出動詞、イ形容詞（形容詞）、ナ形容詞（形容動詞）、名詞限定表現「だけでなく」之接續方式，如下：

第一類動詞（五段動詞）		
原形	→	限定表現 だけでなく （不只是～）
行く（去）	→	行くだけでなく （不只是去）
飲む（喝）	→	飲むだけでなく （不只是喝）
言う（說）	→	言うだけでなく （不只是說）

第二類動詞（上、下一段動詞）		
原形	→	限定表現 だけでなく （不只是～）
覚える（記得）	→	覚えるだけでなく （不只是記得）
降りる（下來）	→	降りるだけでなく （不只是下來）
見る（看）	→	見るだけでなく （不只是看）

第三類動詞（サ、カ行變格動詞）		
原形	→	限定表現 だけでなく （不只是～）
する（做）	→	するだけでなく （不只是做）
勉強する（學習）	→	勉強するだけでなく （不只是學習）
来る（來）	→	来るだけでなく （不只是來）

名詞／イ形容詞 （形容詞）／ナ形容詞 （形容動詞）	→	限定表現 だけでなく （不只是～）
雨だ（下雨）	→	雨だけでなく （不只是下雨）
病気だ（生病）	→	病気だけでなく （不只是生病）
おいしい（好吃）	→	おいしいだけでなく （不只是好吃）
優しい（溫柔）	→	優しいだけでなく （不只是溫柔）
便利だ（方便）	→	便利なだけでなく （不只是方便）
綺麗だ（漂亮）	→	綺麗なだけでなく （不只是漂亮）

　　另外，與其類似之句型爲「～のみならず、～も」、「～ばかりで
なく、～も」，而「～のみならず、～も」此句型屬於文章性之表現。

例句及翻譯

　　例1.
　　江さんはスペイン語を読むだけでなく、会話もできます。
　　江先生（小姐）不僅會讀西班牙文，也可以對話。

例2.

鄭さんは勉強が好きなだけでなく、運動のほうも上手にできます。

鄭先生（小姐）不僅愛讀書，運動方面也表現的不錯。

例3.

あの選手は泳ぎだけでなく、言葉遣いも丁寧です。

那位選手不僅會游泳，言詞也很有禮貌。

句型30

 動詞た形＋ことがある / あります

 文法分析

　　本句型爲表示動作的經驗及經歷，中文意思爲「曾經～過」。而否定表現則是使用「動詞た形＋ことがないです / ないです / ありません」，中文意思爲「不曾～過」。有關動詞た形結構，請參考句型1文法分析之說明（P.4）。

例句及翻譯

例1.
中島さんはエジプトへ行ったことがあります。

中島先生（小姐）曾經去過埃及。

例2.
皆さんは自分の将来を考えたことがありますか。

大家曾經思考過自己的將來嗎？

例3.
小池さんは一度もペットを飼ったことがありません。

小池先生（小姐）一次也不曾養過寵物。

句型31

動詞ます形去ます＋始める（始めます）／出す（出します）／続ける（続けます）／終わる（終わります）

文法分析

本句型為表示動作的時態，作為描述該動作進行到哪個階段，與前項動詞形成複合動詞。「動詞ます形去ます＋始める（始めま

す）」為表示動作之起始，中文意思為「開始～」。「動詞ます形去ます＋出す（出します）」同樣也表示動作之起始，中文意思為「～起來、～出來」。「動詞ます形去ます＋続ける（続けます）」則是表示動作之持續，中文意思為「繼續～、持續～」。「動詞ます形去ます＋終わる（終わります）」則是表示動作之結束，中文意思為「～完了」。以下列表說明複合動詞之接續方式，如下：

第一類動詞（五段動詞）		
ます形	→	複合動詞 ～始めます（開始～）/ 出します（～起來）/ 続けます（繼續～）/ 終わります（～完了）
行きます（去）	→	行き始めます （開始去）
飲みます（喝）	→	飲み出します （開始喝）
言います（說）	→	言い続けます （繼續說）

第二類動詞（上、下一段動詞）		
ます形	→	複合動詞 〜始めます（開始〜）/ 出します（〜起來）/ 続けます（繼續〜）/ 終わります（〜完了）
覚えます（記得）	→	覚え始めます（開始記）
降ります（下來）	→	降り続けます（繼續下來）
見ます（看）	→	見終わります（看完了）

第三類動詞（サ、カ行變格動詞）		
ます形	→	複合動詞 〜始めます（開始〜）/ 出します（〜起來）/ 続けます（繼續〜）/ 終わります（〜完了）
します（做）	→	し始めます（開始做）
勉強します（學習）	→	勉強し終わります （學習完了）
来ます（來）	→	来続けます（繼續來）

例句及翻譯

例1.

林さんは最近日記を書き始めました。

林先生（小姐）最近開始寫日記了。

例2.

青木さんは教室で突然歌い出しました。

青木先生（小姐）在教室突然唱起了歌。

例3.

李さんは日本語を勉強し続ける理由が何ですか。

李先生（小姐）繼續學日語之理由為何呢？

例4.

ドラマを見終わってから、友達とご飯を食べに行きます。

看完連續劇之後，和朋友去吃飯。

句型32

中 動詞ます形去ます＋た＋ばかりだ / ばかりです

文法分析

　　本句型爲表示動作剛剛完成，屬於限定表現中文意思爲「剛剛～、剛才～」。另外，「ばかり」還有一個常用的句型表現「動詞ます形去ます＋て／名詞＋ばかり＋います」，其爲表示說話者經常作同樣的動作，中文意思爲「老是～」。有關動詞た形之變化方式，請參考句型1文法分析之說明（P.4）。以下列表說明限定表現之接續方式，如下：

第一類動詞（五段動詞）		
ます形	→	限定表現 動詞た形＋ばかりです （剛剛～、剛才～）
行きます（去）	→	行ったばかりです （剛剛去）
飲みます（喝）	→	飲んだばかりです （剛剛喝）
言います（說）	→	言ったばかりです （剛剛說）

第二類動詞（上、下一段動詞）		
ます形	→	限定表現 動詞た形＋ばかりです （剛剛〜、剛才〜）
覚えます（記得）	→	覚えたばかりです （剛剛記得）
降ります（下來）	→	降りたばかりです （剛剛下來）
見ます（看）	→	見たばかりです （剛剛看）

第三類動詞（サ、カ行變格動詞）		
ます形	→	限定表現 動詞た形＋ばかりです （剛剛〜、剛才〜）
します（做）	→	したばかりです （剛剛做）
勉強します（學習）	→	勉強したばかりです （剛剛學習）
来ます（來）	→	来たばかりです （剛剛來）

例句及翻譯

例1.

田代<ruby>田代<rt>たしろ</rt></ruby>さんはさっき<ruby>夏休<rt>なつやす</rt></ruby>みの<ruby>宿題<rt>しゅくだい</rt></ruby>を<ruby>書<rt>か</rt></ruby>いたばかりです。

田代先生（小姐）剛才寫完暑假作業。

例2.

<ruby>前田<rt>まえだ</rt></ruby>さんは<ruby>先週<rt>せんしゅう</rt></ruby><ruby>引越<rt>ひっこ</rt></ruby>してきたばかりなので、この<ruby>近<rt>ちか</rt></ruby>くにはまだよくわかりません。

因前田先生（小姐）上週剛搬來，所以這附近還不是很熟。

例3.

<ruby>山本<rt>やまもと</rt></ruby>さんは<ruby>小説<rt>しょうせつ</rt></ruby>ばかり<ruby>読<rt>よ</rt></ruby>んでいて、<ruby>全然勉強<rt>ぜんぜんべんきょう</rt></ruby>しません。

山本先生（小姐）只看小説，完全都不讀書。

例4.

ずっと<ruby>遊<rt>あそ</rt></ruby>んでばかりいたら、<ruby>学校<rt>がっこう</rt></ruby>の<ruby>成績<rt>せいせき</rt></ruby>はあまり<ruby>役<rt>やく</rt></ruby>に<ruby>立<rt>た</rt></ruby>ちません。

要是一直在玩的話，對學校的成績是不太有幫助。

句型33

動詞た形＋ほうがいい／ほうがいいです

動詞原形＋ほうがいい／ほうがいいです

動詞ない形＋ほうがいい／ほうがいいです

文法分析

　　本句型為建議或勸告他人之表現，中文意思為「最好是～、做～比較好」。前兩者句型皆可以使用，一般對他人較為強烈之建議則是使用「動詞た形＋ほうがいい／ほうがいいです」。以下舉例說明此兩種肯定建議表現之區分，如下：

「動詞た形＋ほうがいいです」與「動詞原形＋ほうがいいです」之區分	
野菜をたくさん食べたほうがいいです。 （最好多吃蔬菜。）	本句建議他人多吃蔬菜，語感上較下一句強烈。
野菜をたくさん食べるほうがいいです。 （最好多吃蔬菜。）	本句只是一般建議他人多吃蔬菜而已。

　　而否定形之建議或勸告則是使用「動詞ない形＋ほうがいい／ほうがいいです」，中文意思為「最好不要～、還是不要～」。有關動詞た形之變化方式，請參考句型1文法分析之說明（P.4），而動詞ない形之變化方式，請參考句型1文法分析之說明（P.8）。以下列表說明建議表現肯定及否定之接續方式，如下：

第一類動詞（五段動詞）

ます形	→	建議表現
		動詞た形＋ほうがいいです（最好～） 動詞ない形＋ほうがいいです（最好不要～）
行きます（去）	→	行ったほうがいいです（最好去） 行かないほうがいいです（最好不要去）
飲みます（喝）	→	飲んだほうがいいです（最好喝） 飲まないほうがいいです（最好不要喝）
言います（說）	→	言ったほうがいいです（最好說） 言わないほうがいいです（最好不要說）

第二類動詞（上、下一段動詞）		
ます形	→	建議表現 動詞た形＋ほうがいいです （最好〜） 動詞ない形＋ほうがいいです （最好不要〜）
覚えます（記得）	→	覚えたほうがいいです （最好記得） 覚えないほうがいいです （最好不要記得）
降ります（下來）	→	降りたほうがいいです （最好下來） 降りないほうがいいです （最好不要下來）
見ます（看）	→	見たほうがいいです （最好看） 見ないほうがいいです （最好不要看）

第三類動詞（サ、カ行變格動詞）		
ます形	→	建議表現 動詞た形＋ほうがいいです （最好～） 動詞ない形＋ほうがいいです （最好不要～）
します（做）	→	したほうがいいです （最好做） しないほうがいいです （最好不要做）
勉強します（學習）	→	勉強したほうがいいです （最好學習） 勉強しないほうがいいです （最好不要學習）
来ます（來）	→	来たほうがいいです （最好來） 来ないほうがいいです （最好不要來）

例句及翻譯

例1.

健康のために、よく運動したほうがいいです。

為了健康，最好經常運動。

例2.

学校へ行く前に、ちょっとレッスンを<u>復習するほうがいいです。</u>

去學校之前，最好稍微複習一下功課。

例3.

車を運転する前に、お酒を<u>飲まないほうがいいです。</u>

開車之前，最好不要喝酒。

句型34

🔺 動詞原形／意志動詞＋ために＋動詞

🔺 名詞＋の＋ために＋動詞

🔺 動詞可能形／ない形／非意志動詞＋ように＋動詞

文法分析

　　本句型「ために、ように」都是爲了達成前項動作之目的，而做了後項之動作表現，中文意思皆爲「爲了～而～」。「ために」之前項必須爲意志動詞或是動作性名詞，且前後項須爲同一個主語。而「ように」則是必須爲可能動詞、ない形或是非意志動詞，而前後項主語不同也沒關係。

　　所謂意志動詞爲可以憑個人意志決定要不要做的動作。如：食べる（吃）、飲む（喝）、見る（看）、話す（說）、読む（讀）、聞

く（聽）、書く（寫）、歌う（唱歌）、買う（買）、売る（賣）、走る（跑）……等動詞。

而非意志動詞則是個人意志所無法決定的動作。以下說明非意志動詞之現象及情況，如下：

① 自然現象：雨が降る（下雨）、晴れる（放晴）、光る（發光）……等。

② 生理現象：風邪を引く（感冒）、疲れる（疲倦）、お腹が痛い（肚子痛）……等。

③ 心理現象：困る（困擾）、怒る（生氣）、慣れる（習慣）……等。

④ 能力狀態：できる（會）、話せる（會說）、食べられる（能夠吃）……等。

例句及翻譯

例1.
旅行へ行くために、毎日アルバイトをしています。

為了去旅行而每天打工。

例2.
子供のために、タバコをやめたほうがいいです。

為了小孩，最好戒菸。

例3.

日本語が上手に話せるように、毎日日本の友達と話しています。

爲了日語能説得好，而每天和日本朋友聊天。

例4.

日本語の単語を忘れないように、毎日勉強した単語を復習しています。

爲了不要忘記日語單字，而每天複習學習過的單字。

句型35

⬆ 動詞た形＋ら＋動詞

⬆ イ形容詞（形容詞）去い＋かったら＋動詞

⬆ ナ形容詞（形容動詞）／名詞＋だったら＋動詞

文法分析

本句型爲表現假設語氣及預定之動作行爲，中文意思爲「如果～就～」。與此類似的句型還有「動詞＋と」、「動詞＋なら」、「動詞ば形」之用法。另外，有關動詞た形之接續方式，請參考句型1文法分析之說明（P.4）。

例句及翻譯

例1.

もし、雨が降ったら、明日の試合が中止になります。

要是下雨的話，明天的比賽就會停止。

例2.

おいしかったら、どんな料理でもいいです。

如果好吃的話，什麼料理都好。

例3.

来週、休暇だったら、何をしたいですか。

下週要是休假的話，想要做什麼呢？

句型36

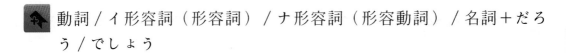

動詞 / イ形容詞（形容詞）/ ナ形容詞（形容動詞）/ 名詞＋だろう / でしょう

文法分析

本句型為表現推測之語氣，「～だろう」一般主要為男性使用，而女性則是使用「～でしょう」，中文意思為「～吧！」。另外，推測的語氣還有「動詞 / イ形容詞（形容詞）/ ナ形容詞（形容動詞）

／名詞＋かもしれない／かもしれません（可能～、說不定～）」之表達方式。而兩者之間的差異爲「～だろう／でしょう」推測之掌握程度比「～かもしれない／かもしれません（可能～、說不定～）」之程度還高。另外，本句型之動詞、イ形容詞（形容詞）、ナ形容詞（形容動詞）、名詞都需要用常體結構來接續。有關常體結構之說明請參考句型10文法分析（P.26）。以下舉例說明此兩種推測語氣表現之區分，如下：

「～だろう／でしょう」（～吧）與 「～かもしれない／かもしれません」（可能～、說不定～）之區分	
明日雨が降るでしょう。 （明天會下雨吧！）	本句推測明天會下雨，其機率比下一句來得高。
明日雨が降るかもしれません。 （明天可能下雨。）	本句只是推測明天會下雨，而下雨的機率比上一句來得低。

例句及翻譯

例1.
明日はたぶん雪が降るでしょう。
明天大概會下雪吧！

例2.
このレストランは料理がとてもおいしいでしょう。
這家餐廳的料理很好吃吧！

例3.

許さんはおそらく公務員試験に合格できるだろう。

許先生（小姐）大概能考上公務員考試吧！

例4.

インターネットは資料の調べに便利でしょう。

網路對查詢資料很方便吧！

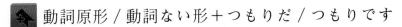 動詞原形／動詞ない形＋つもりだ／つもりです

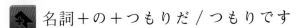 名詞＋の＋つもりだ／つもりです

文法分析

　　本句型爲表現打算或是強烈之決心，中文意思爲「打算～、計畫～」。另外，否定表現要使用「動詞原形＋つもりはない（ないです）／ありません（不打算～）」之表達方式。名詞的部分要使用「名詞＋の＋つもりだ／つもりです」之表達方式。而打算之句型除了「動詞原形＋つもりだ／つもりです」之外，還有句型3「動詞意量形＋思う／思います」之說法，請參考句型3文法分析之說明（P.14），以下列出類似的表達方式，如下：

私はワーキングホリデー方法で日本へ訪ねるつもりです。

我打算以打工度假的方法拜訪日本。

私はワーキングホリデー方法で日本へ訪ねようと思います。

我打算以打工度假的方法拜訪日本。

另外，有關動詞ない形之接續方式，請參考句型1文法分析之說明（P.8）。

例句及翻譯

例1.

稲葉さんは来年タイへ遊びに行くつもりです。

稻葉先生（小姐）打算明年去泰國玩。

例2.

健康のために、よく運動をするつもりです。

為了健康，打算經常運動。

例3.

徐さんは現在の仕事を諦めるつもりはありません。

徐先生（小姐）不打算放棄現在的工作。

例4.

江さんは彼氏と別れるつもりはないです。

江小姐不打算和男朋友分開。

例5.

あの人は<ruby>一生独身<rt>いっしょうどくしん</rt></ruby>のつもりです。

他打算一輩子單身。

句型38

🔰 動詞て形＋あげる（あげます）／<ruby>差<rt>さ</rt></ruby>し<ruby>上<rt>あ</rt></ruby>げる（<ruby>差<rt>さ</rt></ruby>し<ruby>上<rt>あ</rt></ruby>げます）／やる（やります）

🔰 名詞＋を＋あげる（あげます）／<ruby>差<rt>さ</rt></ruby>し<ruby>上<rt>あ</rt></ruby>げる（<ruby>差<rt>さ</rt></ruby>し<ruby>上<rt>あ</rt></ruby>げます）／やる（やります）

🪶 文法分析

　　本句型爲表達授受之表現，主語爲第一人稱給對象爲第二、三人稱之授受表現，中文意思爲「給（爲）～、給（爲）別人～」。一般來說「動詞て形＋あげる（あげます）」、「名詞＋を＋あげる（あげます）」用於一般之說法，而「動詞て形＋<ruby>差<rt>さ</rt></ruby>し<ruby>上<rt>あ</rt></ruby>げる（<ruby>差<rt>さ</rt></ruby>し<ruby>上<rt>あ</rt></ruby>げます）」、「名詞＋を＋<ruby>差<rt>さ</rt></ruby>し<ruby>上<rt>あ</rt></ruby>げる（<ruby>差<rt>さ</rt></ruby>し<ruby>上<rt>あ</rt></ruby>げます）」則是用於對象爲長輩或是上位者，再者「動詞て形＋やる（やります）」、「名詞＋を＋やる（やります）」則是用於對象爲晚輩或是動物、花草之類。另外，有關動詞て形結構，請參考句型1文法分析之說明（P.4）。

例句及翻譯

例1.

私は木村さんにこの秘密を守ってあげます。

我爲木村先生（小姐）保護此秘密。

例2.

私は課長さんにお弁当を買って差し上げます。

我爲課長買便當。

例3.

林さんは犬に手作りのケーキを作ってやります。

林先生（小姐）爲狗狗親手作蛋糕。

句型39

 動詞て形＋もらう（もらいます）／いただく（いただきます）

 名詞＋を＋もらう（もらいます）／いただく（いただきます）

文法分析

　　本句型亦爲表達授受之表現，由別人接受或得到物品之授受表現，中文意思爲「從（由）～得到（獲得）～」。一般來說「動詞て形＋もらう（もらいます）（請～爲我做～）」、「名詞＋を＋もら

う（もらいます）」用於對象爲平輩或晚輩之說法，而「動詞て形＋いただく（いただきます）（請～爲我做～）」、「名詞＋を＋いただく（いただきます）」則是用於對象爲長輩或是上位者。另外，有關動詞て形結構，請參考句型1文法分析之說明（P.4）。

例句及翻譯

例1.

李さんは中田先生に文章を修正していただきます。

李先生（小姐）請中田老師修改文章。

例2.

陳さんは友達に引越しを手伝ってもらいます。

陳先生（小姐）請朋友幫忙搬家。

例3.

周さんは彼氏に腕時計をもらいます。

周小姐從男友那邊收到手錶。

例4.

木村さんは社長さんにプレゼントをいただきます。

木村先生（小姐）從社長那邊收到禮物。

句型40

🔲 動詞て形＋くれる（くれます）／くださる（くださいます）

🔲 名詞＋を＋くれる（くれます）／くださる（くださいます）

文法分析

　　本句型亦為表達授受之表現，主語為第二、三人稱給予對象：我（我們）之授受表現，中文意思為「別人給（為）我（我們）～」。一般來說「動詞て形＋くれる（くれます）」、「名詞＋を＋くれる（くれます）」用於對象為平輩或晚輩之說法，而「動詞て形＋くださる（くださいます）」、「名詞＋を＋くださる（くださいます）」則是用於對象為長輩或是上位者。另外，此句型若是對象為第一人稱時，可以省略不說，以下用括號（）來表示。另外，有關動詞て形結構，請參考句型1文法分析之說明（P.4）。

例句及翻譯

例1.
陳さんは（私に）よく部屋を片付けてくれます。

陳先生（小姐）經常幫我整理房間。

例2.

部長さんは（私に）小説を貸してくださいます。

部長借小説給我。

例3.

王さんは（私に）コンサートのチケットをくれます。

王先生（小姐）給我音樂會的門票。

例4.

社長さんは（私に）日本語の本をくださいます。

社長給我日語的書。

 動詞て形＋いく（いきます）／くる（きます）

文法分析

　　本句型為補助動詞的表現之一，主要做為補述、添加之意義。「動詞て形＋いく（いきます）」為時間上由現在往未來時態發展，中文意思為「～去、～下去」，而「動詞て形＋くる（きます）」為時間上由過去往現在的時間點靠近，中文意思為「～來、～下來」。另外，有關動詞て形結構，請參考句型1文法分析之說明（P.4）。而「動詞て形＋いく」之口語表達方式經常縮略為「動詞て形＋く」之

說法，以下舉例說明，如下：

弁当(べんとう)を持(も)っていく。

帶便當去。（常體說法）

弁当(べんとう)を持(も)ってく。

帶便當去。（常體口語說法）

例句及翻譯

例1.

今(いま)からいろいろな新商品(しんしょうひん)を紹介(しょうかい)していきます。

現在開始繼續介紹各式各樣的新商品。

例2.

最近(さいきん)、物価(ぶっか)が上(あ)がるので、支出(ししゅつ)費用(ひよう)も増(ふ)えていきます。

由於最近物價上漲，所以支出費用也繼續增加。

例3.

１２月(じゅうにがつ)になると、天気(てんき)がだんだん寒(さむ)くなってきます。

一到了12月，天氣就逐漸變冷下來。

例4.

太陽(たいよう)が海(うみ)の中(なか)から出(で)てきました。

太陽從大海當中出現了。

句型42

動詞て形＋て＋おく（おきます）

文法分析

　　本句型爲補助動詞的表現之一，表達爲了達成某目的而預先做的動作行爲。中文意思爲「預先～、事先～」，而「～ておく」在口語中經常縮略爲「～とく」之說法。以下舉例說明，如下：

計画の内容を確かめておく。

事先確認計畫之內容。（常體說法）

計画の内容を確かめとく。

事先確認計畫之內容。（常體口語說法）

　　另外，有關動詞て形結構，請參考句型1文法分析之說明（P.4）。

例句及翻譯

例1.

友達が来る前に、部屋を掃除しておきます。

在朋友來之前，先打掃房間。

例2.

試験の前に、もう一度よく試験の内容を<u>勉強しておきます</u>。

在考試之前，再好好地讀一遍考試內容。

例3.

友達の家へ行く前に、前もって電話を<u>かけておいた</u>ほうがいい
です。

去朋友家之前，最好事先打個電話。

句型43

 動詞て形＋しまう（しまいます）

 文法分析

　　本句型爲補助動詞的表現之一，表達該動作做完或是產生如遺
憾、後悔……等負面的結果狀態。中文意思爲「～光、～掉」，而
「～てしまう」在口語中經常縮略爲「～ちゃう」之說法。而其過
去式之常體結構「～てしまった」在口語中經常縮略爲「～ちゃっ
た」。以下舉例說明，如下：

ケーキを<u>食べてしまう</u>。

蛋糕吃光。（常體說法）

ケーキを食<ruby>べ<rt>た</rt></ruby>ちゃう。

蛋糕吃光。（常體口語說法）

ケーキを食<ruby>べ<rt>た</rt></ruby>ちゃった。

蛋糕吃光了。（過去式常體口語說法）

另外，有關動詞て形結構，請參考句型1文法分析之說明（P.9）。

例句及翻譯

例1.

お腹<ruby>が<rt>なか</rt></ruby>空<ruby>い<rt>す</rt></ruby>たから、お菓子<ruby>を<rt>かし</rt></ruby>全部<ruby>食<rt>ぜんぶ</rt></ruby>べてしまいました。

因為肚子很餓，所以就把點心全部吃光了。

例2.

最近<ruby>、<rt>さいきん</rt></ruby>天気<ruby>の<rt>てんき</rt></ruby>気温<ruby>が<rt>きおん</rt></ruby>変わり<ruby>か<rt></rt></ruby>やすいので、うっかりと風邪<ruby>を<rt>かぜ</rt></ruby>ひいてしまいました。

最近天氣氣溫易於轉變，所以一不小心就感冒了。

例3.

あのドラマは昨夜徹夜<ruby>で<rt>さくやてつや</rt></ruby>見<ruby>ちゃった<rt>み</rt></ruby>。

那部日劇昨晚熬夜看完了。

句型**44**

 動詞て形＋は＋いけない（いけません）／だめだ（だめです）

文法分析

　　本句型表達禁止做某動作，中文意思爲「不可以～」。「動詞て形＋は＋いけない（いけません）」與「動詞て形＋は＋だめだ（だめです）」此兩句型意義相同。「いけません」比「いけない」較爲禮貌客氣之說法，而「だめです」比「だめだ」較爲禮貌客氣之說法。而本句型之「～ては」之口語表達方式爲「～ちゃ」。若是動詞產生音便時，「～では」之口語表達方式爲「～じゃ」。以下舉例說明，如下：

　　この食_たべ物_{もの}を食_たべてはいけない。

　　不可以吃這種食物。（常體說法）

　　この食_たべ物_{もの}を食_たべちゃいけない。

　　不可以吃這種食物。（常體口語說法，「～ては」換成「～ちゃ」之說法）

　　お酒_{さけ}を飲_のんではいけない。

　　不可以喝酒。（常體說法）

　　お酒_{さけ}を飲_のんじゃいけない。

　　不可以喝酒。（常體口語說法，「～では」換成「～じゃ」之說法）

另外，有關動詞て形結構及音便方式，請參考句型1文法分析之說明（P.4）。

例句及翻譯

例1.

犬にチョコレートを食べさせてはいけません。

不可以讓狗吃巧克力。

例2.

試験の時、カンニングをしてはいけません。

考試時，不可以作弊。

例3.

車やオートバイを運転する時、スマートフォンを使ってはいけないです。

開車或騎機車時，不可以使用智慧型手機。

例4.

占いを過信してはだめです。

不可以過於相信占卜。

句型45

 動詞て形＋みる（みます）

 文法分析

　　本句型爲補助動詞的表現之一，表達嘗試做某動作，中文意思爲「試著～、做～看看」。另外，有關動詞て形結構及音便方式，請參考句型1文法分析之說明（P.4）。

例句及翻譯

例1.
和食が大好きなので、日本料理を作ってみたいです。
わしょく　　　　　　　　　　　にほんりょうり　　つく

因爲最喜歡日式料理，所以想要做做看日本料理。

例2.
この服は試着してみてもいいですか。
ふく　　ししゃく

我可以試穿看看這件衣服嗎？

例3.
この新しいゲームをやってみませんか。
あたら

要不要玩看看這款新遊戲呢？

句型46

↑ 動詞て形＋も＋子句／動詞

↑ イ形容詞（形容詞）去い＋く＋ても＋子句／動詞

↑ ナ形容詞（形容動詞）／名詞＋でも＋子句／動詞

 文法分析

　　本句型為表達逆接之表現，中文意思為「即使～也不～」。本句型與「動詞／イ形容詞（形容詞）／ナ形容詞（形容動詞）／名詞＋たら＋子句／動詞」之意思剛好為相反結構。以下舉例說明，如下：

明日雨が降ったら、行きません。

　如果明天下雨，就不去。

明日雨が降っても、行きます。

　即使明天下雨也要去。

　　另外，有關動詞ても形態結構之接續方式及其音便方式，請參考句型1文法分析之說明（P.7）。

例句及翻譯

例1.

雨が降っても、銀行へ行かなければなりません。

即使下雨也必須要去銀行。

例2.

日本料理は値段が高くても、食べる人が大勢います。

即使日本料理的價格很貴,還是有很多人吃。

例3.

雨の日でも、仲間と映画を見に行きます。

即使是下雨的日子也要和朋友去看電影。

句型47

 動詞て形＋も＋いい（いいです）

 文法分析

本句型為表達動作允許、許可之表現,中文意思為「可以～」。而「動詞て形＋も＋よろしい（よろしいです）」比「動詞て形＋も＋いい（いいです）」在表達上還要客氣及禮貌,一般用於對象為長輩或是工作職場上。而否定之表達方式為「動詞ない形去い＋くて

も＋いい（いいです）／よろしい（よろしいです）」，中文意思爲「不～也可以」。有關允許表現之否定表達方式，請參考句型58文法分析之說明（P.126）。

　　另外，類似的表達方式還有「動詞て形＋も＋かまわない（かまいません）」，中文意思爲「～也可以」；以及「動詞て形＋も＋大丈夫だ（大丈夫です）」，中文意思爲「～也不要緊」。以下舉例說明否定及類似的表現句型，如下：

今日は勉強しなくてもいいです。

今天不學也可以。（允許的否定表達方式）

友達を連れて行ってもかまいません。

可以帶朋友去。（允許的肯定表達方式）

犬を飼っても大丈夫です。

可以養狗。（允許的肯定表達方式）

例句及翻譯

例1.

明後日は会社を休んでもいいですか。

後天可以請假嗎？

例2.

天気が暑いですから、クーラーを入れてもいいですか。

因爲天氣很熱，所以我可以開冷氣嗎？

例3.

もう遅いですから、家へ帰ってもよろしいですか。

已經很晚，所以我可以先回家嗎？

句型48

 子句＋と＋言う（言います）

 文法分析

　　本句型爲表達轉述或引用他人話語之表現，中文意思爲「～說～」。一般而言，引述內容用助詞「と」來引導，而前面不論名詞、動詞、イ形容詞（形容詞）、ナ形容詞（形容動詞）都必須要用常體之結構表示。除非句中有用引號之情況下，引述內容才可以接受使用敬體之表現。有關名詞、動詞、イ形容詞（形容詞）、ナ形容詞（形容動詞）之常體結構部分，請參考句型10文法分析之說明（P.26）。

例句及翻譯

　　例1.

木村先生は来週テストがあると言いました。

木村老師説下週有考試。

例2.

佐々木さんは「あとで行きます」と言いました。

佐佐木先生（小姐）說「我等一下去」。

例3.

松本さんは来年オーストラリアへアルバイトに行くと言いました。

松本先生（小姐）說明年要去澳洲打工。

句型49

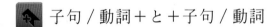 子句／動詞＋と＋子句／動詞

 文法分析

　　本句型爲表達條件句之表現，前項具有某種條件之下，而產生後面的必然結果現象，中文意思爲「一～就～」。而「と」前面動詞必須爲常體結構，一般而言經常使用在自然現象、發現……等情況居多。有關動詞之常體結構部分，請參考句型10文法分析之說明（P.26）。

例句及翻譯

例1.
夏になると、虫が多くなります。

一到了夏天，昆蟲就變多。

例2.
この道をまっすぐ行くと、右に故宮博物館があります。

這條路一直走去，右邊有故宮博物院。

例3.
このボタンを押すと、機械が回転し始めます。

一按此按鈕，機器就開始運轉。

句型50

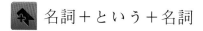 名詞＋という＋名詞

 文法分析

本句型爲向對方表達不知情的新情報，會用此句型來引導之，中文意思爲「所謂～是～、叫做～的～」。

例句及翻譯

例1.

これはサンゴバナという花です。

這個是叫做紅火鶴的花。

例2.

東野圭吾という作者を知っていますか。

你知道名為東野圭吾這位作者嗎？

例3.

さっき田臥という人から電話をかけてきました。

剛才有位叫做田臥的人打電話來了。

句型51

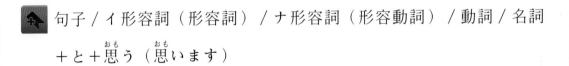

句子／イ形容詞（形容詞）／ナ形容詞（形容動詞）／動詞／名詞
＋と＋思う（思います）

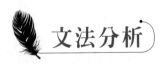文法分析

　　本句型為表達自我對某個事物的看法及感想，中文意思為「我認為～、我想～」。一般而言，引述內容用助詞「と」來引導，而前面不論名詞、動詞、イ形容詞（形容詞）、ナ形容詞（形容動詞）都必

須要用常體之結構表示。除非句中有用引號之情況下，引述內容才可以接受使用敬體之表現。有關名詞、動詞、イ形容詞（形容詞）、ナ形容詞（形容動詞）之常體結構部分，請參考句型10文法分析之說明（P.26）。

例句及翻譯

例1.
明日<ruby>あした</ruby>はいい天気<ruby>てんき</ruby>だと思<ruby>おも</ruby>います。

我認為明天是好天氣。

例2.
彼<ruby>かれ</ruby>のやり方<ruby>かた</ruby>が間違<ruby>まちが</ruby>ったと思<ruby>おも</ruby>います。

我認為他的做法不對。

例3.
井岡<ruby>いおか</ruby>さんは次<ruby>つぎ</ruby>の試合<ruby>しあい</ruby>に挑戦<ruby>ちょうせん</ruby>すると思<ruby>おも</ruby>います。

我認為井岡先生（小姐）要挑戰下一場比賽。

句型52

📝 動詞 / 名詞 / イ形容詞（形容詞）/ ナ形容詞（形容動詞）＋とか＋動詞 / 名詞 / イ形容詞（形容詞）/ ナ形容詞（形容動詞）＋とか

文法分析

　　本句型爲表達事物之部分舉例説明，中文意思爲「～啦、～啦」。本句型與「名詞＋や＋名詞（など）」用法類似，中文意思爲「～或～等等」。但「とか」使用在口語會話上。而「名詞＋や＋名詞（など）」之用法亦爲部分舉例説明，當中「（など）」爲副助詞，用刮號表示可以省略之意思。而「や」爲格助詞，屬於部分舉例説明。以下舉例説明，如下：

好きなスポーツは水泳すいえいやダイビングなどです。

喜歡的運動是游泳或潛水等等。

（本句用「や」表示除了游泳或潛水之外，還喜歡其他運動，但沒表達出來）

例句及翻譯

例1.

佐藤さとうさんは刺身さしみとかお寿司すしとかの食たべ物ものが大好だいすきです。

佐藤先生（小姐）最喜歡生魚片啦壽司等食物。

例2.

ここの料理りょうりは美味おいしいとか不味まずいとかよくわかりません。

我不清楚這邊的料理好吃或不好吃。

例3.

暇な時、ドラマを見るとか音楽を聞くとかして過ごします。

有空時，看連續劇啦、聽音樂等方式來度過。

句型53

動詞常體結構／イ形容詞（形容詞）＋とき、動詞／句子

ナ形容詞（形容動詞）＋な＋とき、動詞／句子

名詞＋の＋とき、動詞／句子

文法分析

　　本句型為表達發生動作或狀態成立之時間，用「とき」來將前後句子加以連接，中文意思為「～時候、～時」。句型在接續時動詞一般都以常體結構連接，而不能用敬體之結構。因「とき」為名詞之結構，所以イ形容詞（形容詞）其後直接接「とき」，而ナ形容詞（形容動詞）則是與「とき」接續時，中間要加上「な」。名詞則是與「とき」接續時，中間要加上「の」。以下舉例說明名詞、動詞、イ形容詞（形容詞）、ナ形容詞（形容動詞）與「とき」接續之方式，如下：

第一類動詞（五段動詞）

原形	→	時間關係 ～とき（～時候）
行く（去）	→	行くとき（去的時候）
飲む（喝）	→	飲むとき（喝的時候）
言う（說）	→	言うとき（說的時候）

第二類動詞（上、下一段動詞）

原形	→	時間關係 ～とき（～時候）
覚える（記得）	→	覚えるとき（記得的時候）
降りる（下來）	→	降りるとき（下來的時候）
見る（看）	→	見るとき（看的時候）

第三類動詞（サ、カ行變格動詞）

原形	→	時間關係 ～とき（～時候）
する（做）	→	するとき（做的時候）
勉強する（學習）	→	勉強するとき（學習的時候）
来る（來）	→	来るとき（來的時候）

名詞 / イ形容詞（形容詞）/ ナ形容詞（形容動詞）	→	時間關係 〜とき（〜時候）
雨だ（下雨）	→	雨のとき（下雨的時候）
病気だ（生病）	→	病気のとき（生病的時候）
おいしい（好吃）	→	おいしいとき（好吃的時候）
優しい（溫柔）	→	優しいとき（溫柔的時候）
便利だ（方便）	→	便利なとき（方便的時候）
綺麗だ（漂亮）	→	綺麗なとき（漂亮的時候）

例句及翻譯

例1.

友達の家へ行くとき、電話をかけておきます。

要去朋友家時，事先打電話。

例2.

暇なとき、柴犬を連れて公園を散歩に行きます。

有空時，帶柴犬去公園散步。

例3.

雨のとき、いつも家でドラマを見ています。

下雨時，總是在家看連續劇。

句型54

 動詞て形＋いる / ています

文法分析

　　本句型為表達某動作發生之時間點，「～ている / ています」可以表達四種情況：①正在進行之動作；②習慣之動作；③過去式之結構；④狀態，請參照句型3之說明（P.14）。而「動詞ている」在表達口語時，經常省略為「～てる」之說法，如下之例句說明。

雨_{あめ}が降_ふっている。

正下著雨。

雨_{あめ}が降_ふってる。（口語結構表達方式，「い」會省略掉）

正下著雨。

例句及翻譯

例1.

阿部_{あべ}さんは今_{いま}日本料理_{にほんりょうり}を食_たべています。（正在進行）

阿部先生（小姐）現在正在吃日本料理。

例2.

清水さんはいつもタバコを<ruby>吸<rt>す</rt></ruby>っています。（習慣動作）

清水先生（小姐）總是抽著菸。

例3.

<ruby>次<rt>つぎ</rt></ruby>の<ruby>授業<rt>じゅぎょう</rt></ruby>はもう<ruby>始<rt>はじ</rt></ruby>まっています。（過去結構）

下一節課已經開始了。

例4.

<ruby>森<rt>もり</rt></ruby>さんはヨーロッパに<ruby>住<rt>す</rt></ruby>んでいます。（狀態）

森先生（小姐）住在歐洲。

句型55

➡ 動詞た形＋ところだ／ところです

➡ 動詞て形＋いる＋ところだ／ところです

➡ 動詞原形＋ところだ／ところです

 文法分析

　　本句型為表達發生動作時間點所處之階段，分為三個階段，①用「動詞た＋ところ」表示該動作剛結束，中文意思為「剛剛～」；②用「動詞て＋いる＋ところ」表示該動作正在進行之中，中文意思為

「正在～」；③用「動詞連體形／辭書形＋ところ」表示該動作即將開始，中文意思爲「正要～」。另外，有關動詞て形及た形結構及音便方式，請參考句型1文法分析之說明（P.4）。

例句及翻譯

例1.

後藤さんは昼ごはんを<u>食べたところです</u>。

後藤先生（小姐）剛剛吃了午餐。

例2.

岡田さんは新しい仕事を<u>探しているところです</u>。

岡田先生（小姐）正在找新工作。

例3.

長谷川さんの一番好きなコンサートはちょうど<u>始まるところです</u>。

長谷川先生（小姐）最喜歡的演唱會正要開始。

 名詞＋と＋名詞＋と＋どちらが＋動詞

文法分析

　　本句型爲表達將兩個事物做比較，來選擇何者較爲適當之疑問句。而回答時則要用「～のほうが～」之句型方式來表達。若是事物的選項爲三選一時，則要使用「名詞＋と＋名詞＋と＋名詞＋と／で＋どれが＋動詞」之方式表達，而選項若是超過三者以上，則要使用「名詞（の中で）＋で＋何が＋動詞」之方式表達。在「名詞（のなか中で）＋で＋なに何が＋動詞」句型當中的助詞「で」具有限定範圍之用法，限定在此一範圍之中。以下舉例說明該用法，如下：

　　スポーツの中で水泳が一番好きです。

　　運動當中最喜歡游泳。

　　（此處的助詞「で」具有限定在運動項目當中之範圍）

例句及翻譯

　　例1.

　　刺身と天麩羅と、どちらが好きですか。

　　生魚片和天婦羅，你比較喜歡哪一種呢？

　　刺身のほうが好きです。

　　喜歡生魚片。

例2.

柴犬<u>と</u>ゴールデンレトリバー<u>と</u>ラブラドールレトリバー<u>と</u>、

<u>どれ</u>が一番好きですか。

柴犬和黃金獵犬和拉布拉多犬，你最喜歡哪一種呢？

柴犬が一番好きです。

最喜歡柴犬。

例3.

食べ物の中で何が一番うまいですか。

食物當中什麼最好吃呢？

餃子が一番うまいです。

餃子最好吃。

句型57

 動詞原形＋な

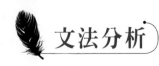 文法分析

　　本句型為表達強烈禁止之語氣，中文意思為「不要～、不准～」。此句型在表達上較為不客氣，一般常用於標誌、口號上居多。而類似的句型還有「動詞て形＋は＋いけない／いけません」

之表現，中文意思爲「不要～、不可以～」。有關「動詞て形＋は＋いけない／いけません」之用法，請參考句型44文法分析之說明（P.105）。另外，若是對長輩則不宜使用「禁止」之語氣，而是要用請求之否定表現來表達不要做該動作，其句型爲「動詞ない形＋でください」，中文意思爲「請不要～」。有關動詞ない形之接續方式，請參考句型1文法分析之說明（P.8）。以下舉例說明「動詞ない形＋でください」之句型，如下：

犬をむやみに捨てないでください。

請不要隨便丟棄狗。

例句及翻譯

例1.
お医者さんは患者に「タバコを吸うな」と言いました。

醫生對患者説：「不要抽菸」。

例2.
先生は学生に「授業中に居眠りをするな」と言いました。

老師對學生説：「上課時不要打瞌睡」。

例3.
社長は部下に「明日は遅れるな」と言いました。

社長對部屬説：「明天不要遲到」。

句型58

 動詞ない形去い＋くても＋いい（いいです）／よろしい（よろしいです）／かまわない（かまいません）

文法分析

　　本句型爲表達不做某件事也可以，中文意思爲「不～也可以、不用～」。而肯定之允許動作表達爲「動詞て形＋も＋いい（いいです）／よろしい（よろしいです）」。有關肯定之允許動作表達，請參考句型47文法分析之説明（P.109）。

例句及翻譯

例1.

明日（あした）は休（やす）みですから、学校（がっこう）へ行（い）かなくてもいいです。

因爲明天是假日，所以不去學校也可以。

例2.

市川（いちかわ）さんは今日会社（きょうかいしゃ）へ出勤（しゅっきん）しなくてもいいです。

市川先生（小姐）今天不用去公司上班。

例3.

今日は料理を作らなくてもかまいません。
きょう　　りょうり　　つく

今天不用做菜。

句型59

 動詞ない形去い＋ければならない（ければなりません）

 動詞ない形＋と＋いけない（いけません）／だめだ（だめです）

文法分析

　　本句型為表達義務性及必須要做的事情，中文意思為「必須～」。在會話當中還有「動詞ない形去ない＋なきゃならない（なきゃなりません）」、「動詞ない形去ない＋なきゃ～」之縮略表現。有關動詞ない形之接續方式，請參考句型1文法分析之說明（P.4）。以下舉例說明會話當中之例句表現，如下：

野菜を食べなきゃならない。
やさい　　た

必須要吃青菜。

学校へ行かなきゃ。
がっこう　　い

必須要去學校。

例句及翻譯

例1.
今日（きょう）は病院（びょういん）へ検査（けんさ）に行（い）かなければなりません。

今天必須去醫院檢查。

例2.
毎日（まいにち）、タンパク質（しつ）と野菜（やさい）を組（く）み合（あ）わせないといけません。

每天必須搭配蛋白質和青菜。

例3.
ピアノを弾（ひ）くとき、楽譜（がくふ）が読（よ）めないとだめです。

彈鋼琴時，必須要會看樂譜。

句型60

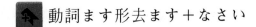 動詞ます形去ます＋なさい

 文法分析

本句型為表達命令及指示之用法，中文意思為「請～、要～」。一般而言，本句型都是使用在如老師對學生、長輩對晚輩等上對下關係之命令語氣。不可以用於長輩或上位者（下對上之關係），因為這樣之說法很失禮。

128

例句及翻譯

例1.
母は息子に「早く学校へ行きなさい」と言いました。
はは むすこ はや がっこう い い

媽媽對兒子說：「趕快去學校」。

例2.
もう十二時になって、早く起きなさい。
じゅうに じ はや お

已經12點了，趕快起床了。

例3.
水野さんに自分の考え方をよく説明しなさい。
みず の じ ぶん かんが かた せつめい

請好好地向水野先生（小姐）說明自己的想法。

句型61

 動詞原形 / 名詞 / イ形容詞（形容詞）/ ナ形容詞（形容動詞）＋なら

 文法分析

　　本句型為表達假設語氣之用法，具有前面條件而產生後面的結果、現象、狀態等，中文意思為「如果～」。假設語氣類似的表達方式還有「と」、「たら」、「ば」之用法。一般而言，「たら」之應用範圍最廣，可用在口語表達，但不能用在書面用語。而「ば」、

「と」用在一般的條件上，「ば」多用在成語、諺語之類。「なら」和其他三者之差異，即是「なら」之後面不可以接自然現象發生之狀態，以下舉例說明，如下：

春<ruby>(はる)</ruby>になるなら、つつじが咲<ruby>(さ)</ruby>きます。（×）

如果一到春天，杜鵑花就開。

春<ruby>(はる)</ruby>に{なったら、なれば、なると}つつじが咲<ruby>(さ)</ruby>きます。（○）

如果一到春天，杜鵑花就開。

例句及翻譯

例1.

海辺<ruby>(うみべ)</ruby>へ行<ruby>(い)</ruby>くなら、この道<ruby>(みち)</ruby>をまっすぐ行<ruby>(い)</ruby>ってください。

要去海邊的話，請這條路一直去。

例2.

美味<ruby>(おい)</ruby>しい日本料理<ruby>(にほんりょうり)</ruby>を食<ruby>(た)</ruby>べるなら、この店<ruby>(みせ)</ruby>が一番<ruby>(いちばん)</ruby>いいと思<ruby>(おも)</ruby>います。

要吃好吃的日本料理，我覺得這家店最好。

例3.

雨<ruby>(あめ)</ruby>の日<ruby>(ひ)</ruby>なら、家<ruby>(うち)</ruby>で遊<ruby>(あそ)</ruby>ぶしかないです。

要是下雨的日子，就只能在家裡玩。

句型62

 動詞ます形去ます＋やすい（やすいです）/にくい（にくいです）

 文法分析

　　本句型爲表達某動作或行爲的難易程度，「動詞ます形去ます＋やすい（やすいです）」中文意思爲「易於～、容易～」，而「動詞ます形去ます＋にくい（にくいです）」中文意思爲「難以～、很難～」。以下列出各類動詞難易表現之接續方式，如下：

第一類動詞（五段動詞）		
ます形	→	難易表現 ～やすい（容易～）/ ～にくい（難以～）
話します（說）	→	話しやすい（很好說） /話しにくい（難說）
飲みます（喝）	→	飲みやすい（很好喝） /飲みにくい（難喝）
言います（說）	→	言いやすい（很好說） /言いにくい（難說）

第二類動詞（上、下一段動詞）

ます形	→	難易表現 〜やすい（容易〜）/ 〜にくい（難以〜）
覚えます（記得）	→	覚えやすい（很好記）/ 覚えにくい（難記）
降ります（下來）	→	降りやすい（容易下來）/ 降りにくい （難下來）
見ます（看）	→	見やすい（很好懂）/ 見にくい（難看）

第三類動詞（サ、カ行變格動詞）

ます形	→	難易表現 〜やすい（容易〜）/ 〜にくい（難以〜）
します（做）	→	しやすい（很好做）/ しにくい（難做）
勉強します（學習）	→	勉強しやすい（很好學）/ 勉強しにくい（難學）
来ます（來）	→	来やすい（很容易來）/ 来にくい（難來）

例句及翻譯

例1.

このパソコンは<ruby>使<rt>つか</rt></ruby>いやすいです。

這台個人電腦很好用。

例2.

この<ruby>授業<rt>じゅぎょう</rt></ruby>はわかりにくいです。

這節課很難懂。

例3.

この<ruby>辞書<rt>じしょ</rt></ruby>は<ruby>調<rt>しら</rt></ruby>べやすいですが、<ruby>字<rt>じ</rt></ruby>が<ruby>小<rt>ちい</rt></ruby>さくて<ruby>読<rt>よ</rt></ruby>みにくいです。

這本辭典很好查，但是字很小不方便閱讀。

句型63

 動詞原形＋の／こと

 文法分析

　　本句型為形式名詞之用法，將動詞或子句後面加上「の／こと」而形成名詞化之結構，「動詞原形＋の」中文意思為「～的」，而「動詞原形＋こと」中文意思為「～事」。兩者之差異在於「の」用於行為動作方面，而「こと」則是用於行為內容居多。以下將列表舉

出「の」和「こと」之比較例句，如下：

の與こと之比較例	
島田さんは日本料理を食べるのが好きです。 （島田先生（小姐）喜歡吃日本料理。）	本句用「の」著重於吃的動作行為。
島田さんは日本料理を食べることが好きです。 （島田先生（小姐）喜歡吃日本料理。）	本句用「こと」著重於吃的內容。

例句及翻譯

例1.

次の電車が来るのを待ちます。

等下一班電車來。

例2.

そこでコーヒーを飲んでいるのは小松さんです。

在那邊喝著咖啡的是小松先生（小姐）。

例3.

濱口さんはワインを飲むのが好きです。

濱口先生（小姐）喜歡喝紅酒。

句型64

 句子／イ形容詞（形容詞）／動詞＋ので、句子／動詞

 ナ形容詞（形容動詞）／名詞＋なので、句子／動詞

文法分析

　　本句型爲表達因果關係之結構用法，中文意思爲「因爲～，所以～」。而除了「ので」爲因果關係之表現外，還有「から」、「て」之表達方式。「から」爲主觀原因，而「ので」爲客觀的原因，且也較「から」之表現來得禮貌及客氣。

　　另外，「ので」後面不可以出現主觀之表達方式，如「動詞てください」（請求表現）、「動詞たいです」（願望）、「動詞ようと思います」（意志）、「動詞てはいけません」（禁止）、「動詞ましょう」（勸誘）等。以下將列表舉出「から」和「ので」之比較例句，如下：

から與ので之比較例	
交通が便利な<u>ので</u>、ここに住みたいです。（×） （因為交通方便，所以想住在這裡。）	「ので」後面不可使用主觀的語氣表現，如本句的「動詞たいです」之表達方式，所以無法用「ので」來連接。
交通が便利<u>だから</u>、ここに住みたいです。（○） （因為交通方便，所以想住在這裡。）	「から」後面可以使用主觀的語氣表現，如本句的「動詞たいです」之表達方式。

　　而ナ形容詞（形容動詞）／名詞後面與「ので」或「のに」接續時，本來常體結構為「だ」，此時要改用「な」來連結。以下舉例說明，如下：

便利<u>なので</u>、よく乗ります。

　　因為方便，所以經常搭乘。

学生<u>なので</u>、収入がありません。

　　因為是學生，所以還沒有收入。

例句及翻譯

　　例1.

村上さんは最近失恋した<u>ので</u>、髪を切りました。

　　村上先生（小姐）最近失戀了，所以將頭髮剪了。

例2.

雨が降る<u>ので</u>、天気が寒くなります。
<ruby>雨<rt>あめ</rt></ruby>が<ruby>降<rt>ふ</rt></ruby>るので、<ruby>天気<rt>てんき</rt></ruby>が<ruby>寒<rt>さむ</rt></ruby>くなります。

因爲下雨，所以天氣變冷。

例3.

子供が病気な<u>ので</u>、会社を休みます。
<ruby>子供<rt>こども</rt></ruby>が<ruby>病気<rt>びょうき</rt></ruby>なので、<ruby>会社<rt>かいしゃ</rt></ruby>を<ruby>休<rt>やす</rt></ruby>みます。

因爲小孩生病，所以請假。

句型65

 句子／イ形容詞（形容詞）／動詞＋のに、句子／動詞

 ナ形容詞（形容動詞）／名詞＋なのに、句子／動詞

 文法分析

　　本句型爲表達逆接之結構用法，前後句爲相反結構或是出乎意料、感到意外之結果，中文意思爲「雖然～，卻～」。一般而言，本句型帶有惋惜、不滿、期待落空之感覺。

　　另外，類似句型還有「が」、「けれども、けど、けれど」之表達方式，中文意思爲「雖然～，但～」。「が」、「けれども、けど、けれど」此兩者用於前後句之對比比較，而「のに」則是有不滿、惋惜之感覺。

　　再者，「のに」和「ので」屬於同樣情況，後面皆不可以出現主

137

觀之表達方式，如「動詞てください」（請求表現）、「動詞たいです」（願望）、「動詞ようと思<ruby>思<rt>おも</rt></ruby>います」（意志）、「動詞てはいけません」（禁止）、「動詞ましょう」（勸誘）等。以下將列表舉出「のに」（雖然～，卻～）和「が」（雖然～，但～）之比較例句，如下：

のに與が之比較例	
天気<ruby>天気<rt>てんき</rt></ruby>がとても寒<ruby>寒<rt>さむ</rt></ruby>いのに、薄<ruby>薄<rt>うす</rt></ruby>い服<ruby>服<rt>ふく</rt></ruby>だけ着<ruby>着<rt>き</rt></ruby>ています。 （雖然天氣很冷，卻只穿著薄衣服。）	「のに」前後句帶有相反之結構，如本句一般來說天氣冷應該會穿較厚衣服之類，卻只穿薄的衣服。語氣帶有出乎意料之結果。
天気<ruby>天気<rt>てんき</rt></ruby>がとても寒<ruby>寒<rt>さむ</rt></ruby>いが、薄<ruby>薄<rt>うす</rt></ruby>い服<ruby>服<rt>ふく</rt></ruby>だけ着<ruby>着<rt>き</rt></ruby>ています。 （雖然天氣很冷，卻只穿著薄衣服。）	「が」只是單純表達事實的逆接表現。

　　而ナ形容詞（形容動詞）／名詞後面與「ので」或「のに」接續時，本來常體結構爲「だ」，此時要改用「な」來連結。以下舉例說明，如下：

便利<ruby>便利<rt>べんり</rt></ruby>なのに、だれも使<ruby>使<rt>つか</rt></ruby>っていません。

雖然很方便，卻沒人在用。

小学生<ruby>小学生<rt>しょうがくせい</rt></ruby>なのに、スマートフォンがあります。

雖然是小學生，卻有智慧型手機。

例1.

雪が降っているのに、金子さんは外で遊んでいます。

雖然下雪，金子先生（小姐）卻在外面玩。

例2.

まだ若いのに、癌になりました。

還年輕，卻得了癌症。

例3.

新幹線が便利なのに、費用がちょっと高いです。

雖然新幹線很方便，但費用卻有點貴。

句型66

 動詞ば形、句子／動詞

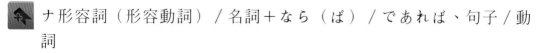 ナ形容詞（形容動詞）／名詞＋なら（ば）／であれば、句子／動詞

 イ形容詞（形容詞）去い＋ければ、句子／動詞

 文法分析

本句型爲表達假設語氣之用法，一般用於文章之表現或是成語、

諺語之結構居多，中文意思為「如果～就～」。若前面結構為名詞或是ナ形容詞（形容動詞），其後面可以用なら（ば）／であれば來接續，而なら（ば）後面的「ば」一般來說可以省略。若其後用であれば來接續時，屬於較書面性之文章結構。以下列出動詞、イ形容詞（形容詞）、ナ形容詞（形容動詞）、名詞之假設表現，如下：

第一類動詞（五段動詞）		
ます形	→	假設表現（ば形） （如果～就～）
行きます（去）	→	行けば（去的話）
飲みます（喝）	→	飲めば（喝的話）
言う（說）	→	言えば（說的話）

第二類動詞（上、下一段動詞）		
ます形	→	假設表現（ば形） （如果～就～）
覚えます（記住）	→	覚えば（記住的話）
降ります（下來）	→	降りれば（下來的話）
見ます（看）	→	見れば（看的話）

第三類動詞（サ、カ行變格動詞）		
ます形	→	假設表現（ば形） （如果～就～）
します（做）	→	すれば（做的話）
勉強<ruby>勉強<rt>べんきょう</rt></ruby>します（學習）	→	勉強<ruby>勉強<rt>べんきょう</rt></ruby>すれば （學習的話）
<ruby>来<rt>き</rt></ruby>ます（來）	→	<ruby>来<rt>く</rt></ruby>れば（來的話）

イ形容詞（形容詞）		
基本形	→	假設表現（ば形） （如果～就～）
<ruby>美味<rt>お い</rt></ruby>しい（好吃）	→	<ruby>美味<rt>お い</rt></ruby>しければ （好吃的話）
<ruby>新<rt>あたら</rt></ruby>しい（新的）	→	<ruby>新<rt>あたら</rt></ruby>しければ（新的話）
<ruby>易<rt>やさ</rt></ruby>しい（容易）	→	<ruby>易<rt>やさ</rt></ruby>しければ （容易的話）

ナ形容詞（形容動詞）／名詞		
基本形	→	假設表現（ば形） （如果～就～）
便利（べんり）だ（方便）	→	便利（べんり）ならば／便利（べんり）であれば （方便的話）
上手（じょうず）だ（擅長）	→	上手（じょうず）ならば／上手（じょうず）であれば （擅長的話）
学生（がくせい）だ（學生）	→	学生（がくせい）ならば／学生（がくせい）であれば （學生的話）
雨（あめ）だ（下雨）	→	雨（あめ）ならば／雨（あめ）であれば （下雨的話）

　　另外，與此句型衍生相關之句型還有「動詞ば形＋動詞原形＋ほど～」為表達伴隨某動作進行而其他事物也在進行之用法，中文意思為「越來越～」。而另一相關句型「名詞も動詞假定形（第五變化）＋ば＋名詞も動詞」為表達並列意思之用法，中文意思為「既～也～」。請參照以下例句之說明。

例句及翻譯

例1.

コンピューターの値段（ねだん）が安（やす）ければ、買（か）います。

電腦價格便宜的話，就買。

例2.

早く起きれば、人生が変わります。

早點起床的話，就會改變人生。

例3.

洗濯機の音が静かならば、買いましょう。

洗衣機聲音安靜的話，就買吧！

例4.

ピアノは弾けば弾くほど上手になります。

鋼琴越彈越厲害。

例5.

金子さんはスペイン語もできれば、ドイツ語もできます。

金子先生（小姐）既會西班牙文也會德文。

句型67

🔼 動詞 / 句子 / イ形容詞（形容詞）＋はずだ / はずです

🔼 ナ形容詞（形容動詞）＋な＋はずだ / はずです

🔼 名詞＋の＋はずだ / はずです

🔼 動詞 / 句子 / イ形容詞（形容詞）＋はずが（は）ない / はずが
（は）ないです / はずが（は）ありません

- ナ形容詞（形容動詞）＋な＋はずが（は）ない / はずが（は）ないです / はずが（は）ありません
- 名詞＋の＋はずが（は）ない / はずが（は）ないです / はずが（は）ありません

文法分析

　　本句型為表達客觀的理由推測之用法，中文意思為「應該要～、理應～」。而否定形「～はずが（は）ない / はずが（は）ないです / はずが（は）ありません」同樣為客觀的理由推測其結果為不可能，中文意思為「應該不會～、應該沒有～」。

　　另外，「～はずだ」（理當）和「～べきだ」（必須）都是屬於推測判斷之表現，「～はずだ」是屬於客觀的推測，所以不能用在第一人稱上，而「～べきだ」則是用於主觀的推測。以下將列表舉出「～はずだ」（理當）和「～べきだ」（必須）之比較例句，如下：

はず與べき之比較例	
仕事が十一時に終わってもう一時間だから、ここに着いたはずです。 （因為工作11點結束後已經1小時，所以理應到達這裡。）	「はず」為客觀的推測表現，根據客觀之情況來判斷應該抵達這邊才對。
仕事が十一時に終わってもう一時間だから、ここに着いたべきです。 （因為工作11點結束後已經1小時，所以應該到達這裡。）	「べき」為主觀的推測表現，個人認為應該到達這邊才對。

例句及翻譯

例1.

和田さんはスペイン語ができるはずです。

和田先生（小姐）理應會西班牙文。

例2.

あの店は全部手作りの料理ですから、とてもうまいはずです。

那家店全部都是親手做的料理，所以理應很好吃。

例3.

ここは汽車が通らないので、静かなはずです。

這裡火車沒經過，所以應該很安靜。

例4.

中山さんはこの事をするはずがありません。

中山先生（小姐）應該不會做這件事。

名詞＋は＋名詞＋より＋イ形容詞（形容詞）／ナ形容詞（形容動詞）

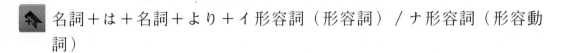

文法分析

本句型爲將兩種事物進行比較，並加以描述，中文意思爲「〜比〜」。「より」除了比較之意思外，還有以下之用法，如下：

1. 當副詞使用，後面修飾イ形容詞／ナ形容詞（形容動詞）／動詞，中文意思爲「更加、更」，等於日文的「もっと」。

   この小説はより面白いです。
   　　　　　（もっと）

   這本小說更有趣。

2. 當格助詞使用，與格助詞「から」（從、由）之用法一樣，中文意思爲「從、由」。

   九時より授業があります。
   　　（から）

   從九點起有課。

例句及翻譯

例1.

台湾は日本より暑くて湿っぽいです。

台灣比日本熱又潮濕。

例2.

スマートフォンは携帯電話より便利で軽いです。

智慧型手機比行動電話方便又輕巧。

例3.

すいかはりんごより甘くて美味しいです。

西瓜比蘋果甜又好吃。

句型69

- ほとんど＋動詞ない形
- ほとんど＋動詞ます形去ます＋ません
- ほとんど＋イ形容詞（形容詞）去い＋くない／ないです／ありません
- ほとんど＋ナ形容詞（形容動詞）＋ではない／ではありません

 文法分析

　　本句型爲表達動作發生之頻率可能性很低，中文意思爲「幾乎沒～、幾乎不～」。程度副詞之後可修飾動詞、イ形容詞（形容詞）或ナ形容詞（形容動詞），以下將依照程度之高低，由上往下列出常出現的程度副詞，如下：

程度副詞	
一番（最～） 非常に（非常～） とても（很～）	好きです。（喜歡）
あまり（不太～）、あんまり（不太～）（此爲あまり的口語表達方式） ほとんど（幾乎不～） 全然（完全不～）	好きではありません。（不喜歡）（考慮前方程度副詞之中文解釋已有否定（不）之意思，要將上面中文的「不」字刪除，否則譯文會多出「不」字）

例句及翻譯

　　例1.

　　江さんはアニメ映画をほとんど見ません。

　　江先生（小姐）幾乎不看動畫片。

例2.

お腹が空いていないから、朝ご飯は<u>ほとんど食べません</u>。

因爲肚子不餓，所以早餐幾乎沒吃。

例3.

投資について、その知識が<u>ほとんど分かりません</u>。

有關投資方面，幾乎不知道該知識。

句型70

名詞／代名詞／動詞＋ほど＋イ形容詞（形容詞）去い＋くない／くないです／くありません

名詞／代名詞／動詞＋ほど＋名詞／ナ形容詞（形容動詞）＋ではない／ではないです／ではありません

名詞／代名詞／動詞＋ほど＋動詞ない形

名詞／代名詞／動詞＋ほど＋動詞ます形去ます＋ません

文法分析

本句型爲表達比較表現之用法，中文意思爲「沒有～那麼～、不像～那麼～」。而「ほど」爲副助詞，表示程度之意思。

149

例句及翻譯

例1.

この教室<ruby>教室<rt>きょうしつ</rt></ruby>はあの<ruby>教室<rt>きょうしつ</rt></ruby>ほど<ruby>大<rt>おお</rt></ruby>きくないです。

這間教室不像那間教室那麼大。

例2.

<ruby>山本<rt>やまもと</rt></ruby>さんは<ruby>小林<rt>こばやし</rt></ruby>さんほど<ruby>綺麗<rt>きれい</rt></ruby>ではありません。

山本小姐不像小林小姐那麼漂亮。

例3.

<ruby>日本語能力試験<rt>にほんごのうりょくしけん</rt></ruby>は<ruby>思<rt>おも</rt></ruby>ったほど<ruby>難<rt>むずか</rt></ruby>しくないです。

日語檢定考試沒有想像的那麼困難。

句型71

 名詞／動詞原形＋までに＋動詞／句子

 文法分析

　　本句型為表達完成某個動作之期限，中文意思為「在～之前要～、在～以前要～」。

　　另外，學習者常會將「まで」與「までに」之表現弄錯，在此將此兩者加以說明，「まで」為持續做著某動作到終點才結束。而「ま

でに」則是一個動作之期限，只要在此期限之前進行該動作，就符合其用法。以下列出「まで」與「までに」之例句加以說明，如下：

まで與までに之比較例	
五時<ruby>五<rt>ご</rt></ruby><ruby>時<rt>じ</rt></ruby>までピアノを<ruby>勉強<rt>べんきょう</rt></ruby>します。 （學習鋼琴到5點。）	本句為學鋼琴之動作到5點為止。
五時<ruby>五<rt>ご</rt></ruby><ruby>時<rt>じ</rt></ruby>までにピアノを<ruby>勉強<rt>べんきょう</rt></ruby>します。 （到5點之前，學習鋼琴。）	到5點之前做學鋼琴之動作，重點不是放在學鋼琴多久，而是在該期限之前做學鋼琴之動作。

例句及翻譯

例1.

<ruby>三十歳<rt>さんじゅうさい</rt></ruby>までに<ruby>結婚<rt>けっこん</rt></ruby>したいと<ruby>思<rt>おも</rt></ruby>います。

我想要在30歲之前結婚。

例2.

<ruby>死<rt>し</rt></ruby>ぬまでに<ruby>一番<rt>いちばん</rt></ruby><ruby>行<rt>い</rt></ruby>きたい<ruby>場所<rt>ばしょ</rt></ruby>はどこですか。

在死之前最想去的地方是哪邊呢？

例3.

<ruby>卒業論文<rt>そつぎょうろんぶん</rt></ruby>は<ruby>来月<rt>らいげつ</rt></ruby>の<ruby>月末<rt>げつまつ</rt></ruby>までに<ruby>提出<rt>ていしゅつ</rt></ruby>して<ruby>下<rt>くだ</rt></ruby>さい。

請在下個月月底之前交畢業論文。

句型72

➤ イ形容詞（形容詞）／動詞ない形／動詞た形＋まま

➤ ナ形容詞（形容動詞）＋な＋まま

➤ 名詞＋の＋まま

文法分析

　　本句型為表達持續無變化之情況，中文意思為「還是～、仍舊～」。

　　另外，本句型前方不能和動作進行「動詞ている」之結構使用，而要改用別的句型來連接。以下舉例說明，如下：

まま之比較例	
ご飯を食べているまま、テレビを見ます。（×）（邊吃飯邊看電視。）	本句型不能和動作進行「食べている」之結構使用。
ご飯を食べながら、テレビを見ます。（○）（邊吃飯邊看電視。）	若要表達同時進行之兩個動作，可以用「ながら」來連接。

　　而「まま」作為形式名詞之用法，前面可以動詞、名詞、イ形容

詞（形容詞）、ナ形容詞（形容動詞）來修飾它，中文意思爲「保持原狀態、依舊」。另外，有關動詞ない形之接續方式，請參考句型1文法分析之說明（P.8）。有關動詞た形結構，請參考句型1文法分析之說明（P.4）。

例句及翻譯

例1.

王さんは座ったまま話します。

王先生（小姐）還是坐著聊天。

例2.

このホテルはオープンして半年になって、まだ新しいままです。

這間飯店開幕經過半年，仍舊還很新。

例3.

この店の味は今でも相変わらず昔のままです。

這家店的味道即使現在還是和以前一樣。

句型73

 動詞命令形

 文法分析

　　本句型為表達直接命令之語氣，用強勢語氣要對方去做某件事。一般使用於上對下之關係，而常用於警告標誌或是口號。

例句及翻譯

例1.

青信号は「行け」という意味です。

綠燈表示「前進」之意思。

例2.

ダンス試合の前に、トームさんに「頑張れ」と言いました。

跳舞比賽之前，向湯姆先生說了「加油」。

例3.

社長さんに「気をつけろ」と言われました。

被社長說了「小心點」。

154

句型74

📶 動詞／句子／イ形容詞（形容詞）＋ようだ／ようです／みたいだ／みたいです

📶 ナ形容詞（形容動詞）＋な＋ようだ／ようです

📶 ナ形容詞（形容動詞）／名詞＋みたいだ／みたいです

📶 名詞＋の＋ようだ／ようです

 文法分析

　　本句型爲說話者根據當時之情況，所做的推測表現，用於表達自己的感覺。也可以說是藉由五官之感受來描述自己的感覺情況，中文意思爲「好像～、似乎～」。而「ようだ／ようです」之口語型式爲「みたいだ／みたいです」。

　　另外，「ようだ／ようです」和「動詞ます形去ます＋そうだ／そうです」之中文意思類似，以下舉例說明兩者之區分，如下：

ようです和そうです（様態）之比較例	
あの店のパンはとても美味しいよう です。 （那家店的麵包好像很好吃。）	除了說話者直接的觀察之外， 還包括其他的外在感受等，所 做的綜合判斷。
あの店のパンはとても美味しそうです。 （那家店的麵包看起來很好吃的樣子。）	根據說話者直接的觀察，所做 的推測判斷。

例句及翻譯

例1.

今日は太陽が出るようです。

今天好像會出太陽。

例2.

木村さんは最近痩せたようです。

木村先生（小姐）最近好像瘦了。

例3.

あのレストランのケーキはうまいようです。

那家餐廳的蛋糕好像很好吃。

例4.

この週末はどうやら雨のようですね。

這週末好像會下雨啊！

句型75

- 動詞原形＋ようだ／ようです
- 動詞原形＋ような＋名詞句
- 動詞原形＋ように＋動詞／形容詞句
- 名詞＋の＋ようだ／ようです
- 名詞＋の＋ような＋名詞句
- 名詞＋の＋ように＋動詞／形容詞句

文法分析

　　本句型爲用比喻之方式來表達事物之動作及狀態，中文意思爲「如～一樣、好像～一般」。比況助動詞「よう」可以視爲ナ形容詞（形容動詞）之結構變化，如後面接名詞則是將「ようだ去だ＋な＝ような」來修飾後面之名詞，而後面若是接動詞／形容詞句，則是將「ようだ去だ＋に＝ように」來修飾其後的動詞／形容詞句。

　　另外，比況助動詞「よう」之前方經常和「まるで」一起出現，中文意思爲「宛如（好像）～一樣」。

157

例句及翻譯

例1.
彼はまるで天使のようです。

他好像天使一樣。

例2.
林さんはまるで人形のようにとても可愛いです。

林小姐好像娃娃一樣很可愛。

例3.
小林さんはまるで太陽のような優しい男です。

小林先生好像太樣一樣很溫柔的男人。

例4.
公務員に合格できるように頑張ります。

我會努力考上公務員。

例5.
さっきはまるで夢を見ているような感じがありました。

剛才有著宛如作夢般的感覺。

句型76

 動詞原形 / 動詞ない形＋ようにする / します

 文法分析

　　本句型爲表達是否要執行某動作，中文意思爲「要做到～、設法做到～」。若是要表達持續性之動作或是常規要求，則要使用「動詞原形 / 動詞ない形＋ようにしている / います」之句型。另外，有關動詞ない形之接續方式，請參考句型1文法分析之說明（P.8）。

例句及翻譯

例1.
これからは毎日日本語を勉強するようにします。

今後決定每天學習日語。

例2.
歩けていく場所はバイクに乗らないようにしています。

可以走路去的地方就不要騎乘機車。

例3.
外国語の勉強のために、毎日ドラマや映画を見るようにしています。

爲了學習外語，儘量每天都看連續劇或電影。

句型 **77**

 動詞原形／動詞ない形／動詞能力形＋ようになる／なります

文法分析

　　本句型爲表達某動作之自然演變或是習慣性之演變，通常用於動詞可能形居多，中文意思爲「變得〜、逐漸能〜」。以下針對動詞能力形加以說明，如下：

　　第一類動詞（五段動詞）去ます用（え段音）加上助動詞「る、ます」，第二類動詞（上、下一段動詞）去ます加上「られる、られます」，而第三類動詞（サ、カ行變格動詞）因爲屬於不規則變化「する」要用「できる、できます」，「来る」要用「来られる、来られます」。請參考以下常用動詞之能力形變化，如下：

第一類動詞（五段動詞）		
ます形	→	能力形
行きます（去）	→	行ける／行けます（能去）
飲みます（去）	→	飲める／飲めます（能喝）
言います（説）	→	言える／言えます（能説）
聞きます（聽）	→	聞ける／聞けます（能聽）

第二類動詞（上、下一段動詞）		
ます形	→	能力形
覚えます（記住）	→	覚えられる／覚えられます（能記住）
降ります（下來）	→	降りられる／降りられます（能下來）
見ます（看）	→	見られる／見られます（能看見）

第三類動詞（サ、カ行變格動詞）		
ます形	→	能力形
します（做）	→	できる / できます （能做）
勉強^{べんきょう}します（學習）	→	勉強^{べんきょう}できる / 勉強^{べんきょう}できます （能學習）
来^きます（學習）	→	来^こられる / 来^こられます （能來）

例句及翻譯

例1.

単語^{たんご}や文型^{ぶんけい}を覚^{おぼ}えれば、日本語^{にほんご}が<u>話^{はな}せるようになりました</u>。

要是記住單字和句型，就逐漸能説日語了。

例2.

二十一歳^{にじゅういっさい}のとき、ピアノが<u>弾^ひけるようになりました</u>。

二十一歳時，變得會彈鋼琴了。

例3.

毎日練習^{まいにちれんしゅう}して、今^{いま}は車^{くるま}を運転^{うんてん}<u>できるようになりました</u>。

每天練習，現在逐漸會開車了。

句型78

名詞より～名詞のほうがイ形容詞（形容詞）／ナ形容詞（形容動詞）

文法分析

　　本句型為表達比較表現之一，將前後兩個名詞作為比較，此句型後項名詞屬於較為強調之部分，中文意思為「比起前項名詞，後項名詞比較～」。而「ほう」為名詞，中文意思為「方面、～上」。

　　另外，若是三選一之比較表現，要用「～で一番<ruby>(いちばん)</ruby>～」之句型來表達。請參考以下例句之說明，如下：

世界<ruby>(せかい)</ruby>で一番<ruby>(いちばん)</ruby>好<ruby>(ず)</ruby>きな動物<ruby>(どうぶつ)</ruby>は犬<ruby>(いぬ)</ruby>です。

世界上最喜歡的動物是狗。

而上面例句之「で」，屬於格助詞，在此具有限定範圍之作用。

例句及翻譯

例1.

新幹線<ruby>(しんかんせん)</ruby>より飛行機<ruby>(ひこうき)</ruby>のほうが早<ruby>(はや)</ruby>いです。

比起新幹線，飛機比較快。

例2.

台湾よりタイのほうが暑いです。
<ruby>台湾<rt>たいわん</rt></ruby>よりタイのほうが<ruby>暑<rt>あつ</rt></ruby>いです。

比起台灣，泰國比較熱。

例3.

学校教育より家庭教育のほうが大事です。
<ruby>学校教育<rt>がっこうきょういく</rt></ruby>より<ruby>家庭教育<rt>かていきょういく</rt></ruby>のほうが<ruby>大事<rt>だいじ</rt></ruby>です。

比起學校教育，家庭教育比較重要。

例4.

台湾で一番うまい食べ物は餃子です。
<ruby>台湾<rt>たいわん</rt></ruby>で<ruby>一番<rt>いちばん</rt></ruby>うまい<ruby>食<rt>た</rt></ruby>べ<ruby>物<rt>もの</rt></ruby>は<ruby>餃子<rt>ぎょうざ</rt></ruby>です。

在台灣最好吃的食物是餃子。

句型79

 動詞／イ形容詞（形容詞）／ナ形容詞（形容動詞）／名詞＋らしい／らしいです

 文法分析

　　本句型為說話者根據當時之情況，所做的推測表現，用於表達自己的感覺。主要是藉由聽覺方面，或其他外在因素之綜合判斷，中文意思為「好像～、似乎～」。

　　另外，「らしいです」與「ようです」之意思類似，「そうです（樣態）」主要是依據視覺方面來判斷，而「らしいです」則是依據聽覺方面來判斷，其餘的則是由「ようです」。

例句及翻譯

例1.

ニュースによると、明日(あした)は雨(あめ)が降(ふ)るらしいです。

根據新聞報導，明天好像會下雨。

例2.

林(りん)さんの話(はなし)によると、二人(ふたり)は付(つ)き合(あ)っているらしいです。

根據林先生（小姐）之說法，兩個人好像正在交往。

例3.

許(きょ)さんは一昨日(おととい)花蓮(かれん)へ行(い)ったらしいです。

許先生（小姐）前天好像去了花蓮。

名詞が動詞ます形去ます＋られる（られます）／動詞可能形＋る（ます）

文法分析

本句型為表達能力表現之一，中文意思為「能～、可以～」。有關動詞能力形之變化說明，請參考句型77之說明（P.159-161）。

另外，「見(み)られる（見(み)られます）、聞(き)ける（聞(き)けます）」等動

165

詞之可能形為經由後天學習之技能，而「見える（見えます）、聞こえる（聞こえます）」等動詞也具有能力之意思，但「見える（見えます）、聞こえる（聞こえます）」為天生就具有之能力，以下舉例說明，如下：

聞こえます和聞けます之比較例	
外からバイクの音が聞こえます。 （從外面能聽見機車的聲音。）	表示聲音自然而然地傳入說話者之耳朵裡。
スマートフォンのアプリケーションで音楽が聞けます。 （藉由智慧型手機的應用軟體可以聽音樂。）	藉由某種條件下，才能夠實現該動作行為。

例句及翻譯

例1.
小林さんはドイツ語でレポートが書けます。

小林先生（小姐）可以用德文寫報告。

例2.
毎朝五時に起きられます。

每天早上五點爬得起來。

例3.

どうやったら、日本語<ruby>日本語<rt>に ほん ご</rt></ruby>がよく<u>勉強<rt>べんきょう</rt>できますか。</u>

要怎樣做，日語才能學得好呢？

動詞ます形去ます＋れる（れます）／られる（られます）

文法分析

　　本句型為表達被動之表現，中文意思為「被～、受到～」。被動形態也可以當作敬語之表現方式，而其對象則是使用助詞「に」。以下說明其接續方式，如下：

　　第一類動詞（五段動詞）用（あ段音）加上助動詞「れる、れます」，若是動詞原形字尾為「う」音或者動詞ます形前一字母為「い」音時，要改成（わ音）加上助動詞「れる、れます」。第二類動詞（上、下一段動詞）去掉ます加上「られる、られます」，而第三類動詞（サ、カ行變格動詞）因為屬於不規則變化「する」要用「される、されます」，「来<rt>く</rt>る」要用「来<rt>こ</rt>られる、来<rt>こ</rt>られます」。請參考以下常用動詞之被動形變化，如下：

第一類動詞（五段動詞）

ます形	→	受身形（被動形）
行きます（去）	→	行かれる / 行かれます（被去）
飲みます（喝）	→	飲まれる / 飲まれます（被喝）
言います（說）	→	言われる / 言われます（被說）
聞きます（問）	→	聞かれる / 聞かれます（被問）

第二類動詞（上、下一段動詞）

ます形	→	受身形（被動形）
覚えます（記住）	→	覚えられる / 覚えられます（被記住）
降ります（下來）	→	降りられる / 降りられます（被下來）
見ます（看）	→	見られる / 見られます（被看）

第三類動詞（サ、カ行變格動詞）		
ます形	→	受身形（被動形）
します（做）	→	される / されます （被要求做）
勉強<ruby>べんきょう</ruby>します（學習）	→	勉強<ruby>べんきょう</ruby>される / 勉強<ruby>べんきょう</ruby>されます （被要求學習）
来<ruby>き</ruby>ます（來）	→	来<ruby>こ</ruby>られる / 来<ruby>こ</ruby>られます （被叫來）

例句及翻譯

例1.

彼<ruby>かれ</ruby>はミスを犯<ruby>おか</ruby>して、上司<ruby>じょうし</ruby>に叱<ruby>しか</ruby>られました。

他犯下錯誤而被上司責罵。

例2.

ケーキはルームメートに食<ruby>た</ruby>べられてしまいました。

蛋糕被室友吃掉了。

例3.

林<ruby>りん</ruby>さんが友達<ruby>ともだち</ruby>に騙<ruby>だま</ruby>されたと思<ruby>おも</ruby>います。

我認為林先生（小姐）被朋友騙了。

句型82

 動詞常體／イ形容詞（形容詞）／句子＋の／ん＋だ／です

 ナ形容詞（形容動詞）／名詞＋な＋の／ん＋だ／です

 文法分析

　　本句型爲說話者表達事情的主張和看法，或是將事情進一步加以說明，也可以用在詢問或解釋事情之始末，中文意思爲「就是～、是～」。而「～のだ／です」爲文章之表現結構，「～んだ／です」爲口語之表現結構。句型在接續時動詞一般都以常體結構連接，而不能用敬體之結構。

例句及翻譯

例1.

とても綺麗な腕時計ですね。どこで買ったんですか。

很漂亮的手錶呀！是在哪邊買的呢？

例2.

温泉に入りたいんですが、近くにおすすめの場所がありますか。

我想要泡溫泉，附近有推薦的地方嗎？

例3.

すみません、高<ruby>高<rt>こう</rt></ruby>さんは<ruby>今<rt>いま</rt></ruby><ruby>電<rt>でん</rt></ruby><ruby>話<rt>わ</rt></ruby><ruby>中<rt>ちゅう</rt></ruby>なんですね。

不好意思，高先生（小姐）現在正在電話中啊！

2. 模擬試題

以下將模擬日檢N4之類似考題，讓讀者可以自行做測驗及練習。

問題 I

次の　質問は　＿＿＿＿のところに　何を　入れますか。

①・②・③・④の中から　一番　いい　ものを　一つ　選びなさい。

例、てんきよほうによると、　あしたは　ゆきが　ふる　＿＿＿＿。

①ようです　　②そうです　　③よていです　　④ほしいです

正解（**2**）

1. しょくじを　食べて＿＿＿＿、いっしょに　えいがを　みましょう。

　　①から　　　　②あと　　　③のに　　　④ので

　　解答（　　）

2. いっしょけんめいに　はたらいているのに、ちょきんは＿＿＿＿ふえません。

　　①いちど　　　②すこしも　　③やっと　　④もうすぐ

　　解答（　　）

3. ひこうきは　しんかんせん_____　ずっと　はやいです。

①から　　　　　②より　　　　　③まで　　　　　④に

解答（　　）

4. スポーツセンターは　自宅に　ちかいので　とても　_____。

①ふべんです　②べんりです　③とおいです　④おいしいです

解答（　　）

5. 友達_____　つくった　りょうりは　とても　うまかったです。

①が　　　　　　②に　　　　　　③と　　　　　　④へ

解答（　　）

6. また　ヨーロッパに_____　です。

①行きたい　　②行く　　　　③行きたがる　　④行きます

解答（　　）

7. ニュースに_____、あさっては　気温が　二十度まで　上がる
そうです。

①よって　　　②たいして　　③よると　　　　④とって

解答（　　）

8. 木村さんに_____　いちばんすきな　人は　だれですか。

①よって　　　②よると　　　③よれば　　　　④とって

解答（　）

9. 電車に　乗り_____ スマートフォンを使います。
①ながら　　　②て　　　　　③から　　　　　④ので
解答（　）

10. あの先生は　親切だ_____、やさしいです。
①て　　　　　②し　　　　　③のに　　　　　④けど
解答（　）

11. この数学問題は、林さんには _____すぎます。
①かんたん　②かんたんな　③かんたんに　④かんたんで
解答（　）

12. 会社は　あした　残業すること _____ なります。
①へ　　　　　②に　　　　　③で　　　　　④は
解答（　）

13. 相島さんは　きのう 学校を　休みました。交通事故_____。
①ことです　②ようです　　③らしいです　④そうです
解答（　）

14. 赤羽さんの　考え方_____ わかりません。

①に　　　　②で　　　　③へ　　　　④が

解答（　　）

15. あさっては　あめが　ふるか_____、ネットの　天気予報を
見ましょう。

①どうか　　　②そうか　　　③だろうか　　④ないか

解答（　　）

16. 旅行の_____、　まいにち　一所懸命に　はたらきます。

①ように　　　②ために　　　③まま　　　　④ほうに

解答（　　）

17. A「きれいな　ばらですね」

B「ありがとう　ございます。　誕生日に　恋人が_____ん
です」

①買ってもらった　　　　　　②買ってあげた

③買ってくれた　　　　　　　④買っていただいた

解答（　　）

18. この　レストランは　とても　_____です。

①よいそう　　②よそう　　　③ようそう　　④よさそう

解答（　　）

19. はやめに　うちを　でた_____、じゅぎょうの　じかんに　まにあいませんでした。

①のに　　　　②から　　　　③ので　　　　④ば

解答（　）

20. にほんで　食べた　おさしみの_____は　わすれられません。

①うまい　　　②うまさ　　　③うまかった　④うまく

解答（　）

🔍 問題Ⅱ

_____★　に　入る　ものは　どれですか。

①・②・③・④の中から　一番　いい　ものを　一つ　選びなさい。

1. A「どうしたんですか」

B「_____　_____　★　_____んです」

①を　　　　　②かぎ　　　　③なくして　　④しまった

解答（　）

2. 今日から　_____　_____　★　_____です。

①を ②スペイン語

③つもり ④べんぎょうする

解答（　）

3. ＿＿＿＿　＿＿＿＿　＿★＿＿　＿＿＿＿、手　を　洗って　下さい。

①を ②ご飯 ③食べる ④前に

解答（　）

4. 日本料理は＿＿＿＿　＿＿＿＿　＿★＿＿　＿＿＿＿　です。

①とても ②うまい ③が ④高い

解答（　）

5. 私は　＿＿＿＿　＿＿＿＿　＿★＿＿　＿＿＿＿。

①を ②トームさんに

③誕生日のプレゼント ④あげます

解答（　）

🔍 問題Ⅲ

次の　文章を　読んで、　質問は　＿＿＿＿のところに　何を　入れますか。①・②・③・④の中から　一番　いい　ものを　一つ選びなさい。

つぎの　文章は　春子さんが　トームさんに　書いた手紙です。

　　トームさん、お元気ですか。わたしは　昨日　会社の　そばに　ひっこしを　しました。前は　親戚の　家から　会社まで　電車と　歩きで　一時間半ぐらい　かかりました。でも、今の　アパートは　会社＿＿1＿＿　歩いて　十分ぐらいです。ちょっと　古いですが、へやは　きれい＿＿2＿＿　広いです。近くに　スーパーや　コンビニも　あります。駅から　近いので、生活が　＿＿3＿＿　便利です。それに、アパートの　へやの　まどから　スカイツリが　見えます。だから、ひっこして　＿＿4＿＿　よかったと　思います。手紙と　ここの　地図を　いっしょに　おくります。休みの　日に　ここへ　＿＿5＿＿　。

　　それでは、また。

　　　　　　　　　　　　　　　　　　　12月22日　春子

1. ①から　　　　　　　②まで
　 ③で　　　　　　　　④と

　 解答（　　）

2. ①て　　　　　　　　②に

③で　　　　　　　④が

解答（　）

3. ①とても　　　　　②あまり

③ぜんぜん　　　　④ちっとも

解答（　）

4. ①実は　　　　　　②本当に

③とても　　　　　④ぜんぜん

解答（　）

5. ①あそびに　来ませんか　　②あそびに　来ました

③あそびに　行きませんか　④あそびに　行きました

解答（　）

本單元將針對上一單元日檢N4之模擬試題逐一做文法說明及例句之翻譯，希望藉由此方式可以幫助讀者在文法方面之加強及認識文法間之差異。

問題 I

次の　質問はのところに　何を　入れますか。

①・②・③・④の中から、一番いい　ものを　一つ　選びなさい。

例　てんきよほうによると、　あしたは　ゆきが　ふる＿＿＿＿＿。

①ようです　　②そうです　　③よていです　　④ほしいです

根據氣象報告，明天會下雪。

正解（②）

說明：本句使用傳聞助動詞「動詞常體結構＋そうです」（聽說～、據說～）之句型，則前項要使用「～によると、～」之句型來引導。而類似此一句型的用法還有以下之句型，如下：

1.～によると、～そうだ。

2.～によると、～ということだ。

3.～によると、～ということです。

4.～によると、～って。（口語結構說法）

而其他答案①選項「ようです」（好像～、似乎～），其前面可接名詞、イ形容詞（形容詞）、ナ形容詞（形容動詞）、動詞之常體結構，而③選項「よていです」（預定～），④選項「ほしいです」（想要～）。

1. しょくじを　食^たべて_____、いっしょに　えいがを　みましょう。

①から　　　　　②あと　　　　　③のに　　　　④ので

譯文：吃完飯後，一起看電影吧！

正解：（①）

說明：當描述一連串的動作時，若動作是前後發生之關係，則有兩種表現方式，其一為使用「動詞ます形去ます+て、動詞」之句型，其二為本句所使用之「動詞ます形去ます+てから、動詞」之句型，此兩者都是「做了～動作之後，然後做了～動作」之意思。而答案②之「あと」前面要用動詞之過去形，即是「動詞た形+あとで」，其意思為「～之後」。最後，答案③、④之前面只接動詞常體之結構，無法接在て形之後面。所以，本題答案選項為①。

2. いっしょけんめいに　はたらいているのに、ちょきんは_____ふえません。

①いちど　　　②すこしも　　③やっと　　　④もうすぐ

譯文：雖然拼命工作，但存款一點都沒增加。

正解：（②）

說明：本句是以逆接的接續助詞「～のに、～」（雖然～、但～）來連接，中文意思爲「雖然拼命工作，但～」，而語尾用否定助動詞ません之結構，所以只能選答案②之選項，也就是使用「すこしも＋～ない／ません」（一點也沒～）之句型。而選項①「いちど」（一次），選項③「やっと」（終於～），選項④「もうすぐ」（快要～）。

3. ひこうきは　しんかんせん＿＿＿＿　ずっと　はやいです。

①から　　　　　②より　　　　　③まで　　　　　④に

譯文：飛機比新幹線快得多。

正解：（②）

說明：本句型爲「AはBよりはやい」（A比B快），飛機「ひこうき」和新幹線「しんかんせん」兩者都是交通工具，而「ずっとはやい」之意思爲「快多了」，所以答案選項爲②。

4. スポーツセンターは　自宅に　ちかいので　とても　＿＿＿＿。

①ふべんです　②べんりです　③とおいです　④おいしいです

譯文：因爲運動中心離家裡很近，所以很方便。

正解：（②）

說明：前後句語意上有因果關係之結構，可以用接續助詞「ので」
　　　來連接。而要表達「離～近 / 遠的」之用法，則前面助詞使
　　　用「に」。所以答案選項為②。

5. 友達_{ともだち}＿＿＿＿　つくった　りょうりは　とても　うまかったです。
　①が　　　　　　　②に　　　　　③と　　　　　　④へ

譯文：朋友做的菜很好吃。

正解：（①）

說明：本句要考的是連體修飾句之用法，連體修飾句後面修飾名
　　　詞，將名詞當作被修飾語，其句型結構為「名詞＋が＋動詞
　　　＋名詞」，所以本句「友達_{ともだち}＿＿＿＿　つくった」是用來修飾
　　　後面的「りょうり」。而在此結構下，句中助詞「が」也可
　　　以替換成助詞「の」，所以答案選項為①。

6. また　ヨーロッパに＿＿＿＿　です。
　①行_いきたい　　　　　　　　②行_いく
　③行_いきたがる　　　　　　　　④行_いきます

譯文：還想去歐洲。

正解：（①）

說明：因本句句尾出現助動詞「です」，也稱為敬體，屬於比較禮
　　　貌客氣之表達方式，所以選項②、③和④後面無法接續，故

要排除掉。而選項③為表達說話者第三人稱之希望，無法表達第一人稱之希望，所以亦要排除掉，因此答案選項①較為合適。

7. ニュースに_____、明後日は　気温が　二十度まで　上がる
   そうです。
   ①よって　　　　②たいして　　③よると　　　　④とって
   譯文：根據新聞報導，後天氣溫會上升到二十度。
   正解：（③）

說明：本句使用傳聞助動詞「動詞常體結構+そうです」（聽說～、據說～）之句型，則前項要使用「～によると、～」之句型來引導。而其類似句型之用法，請參考三模擬試題解析之例句文法說明（P.181）。

8. 木村さんに_____いちばんすきな　人は　だれですか。
   ①よって　　　　②よると　　　③よれば　　　④とって
   譯文：對木村先生（小姐）而言，最喜歡的人是誰呢？
   正解：（④）

說明：本句型要看後面「最喜歡的人是誰呢？」，所以要選擇選項④之句型「にとって」，本句已鎖定範圍為「對木村先生（小姐）而言」，而不是別人。其他選項都與本句語意不符。

9. 電車に乗り_____ スマートフォンを使います。

①ながら　　　②て　　　　　③から　　　　　④ので

譯文：一邊搭電車、一邊使用智慧型手機。

正解：（①）

說明：本句型爲「同時進行兩個動作」，應使用「ながら」來做接
　　　續，而「ながら」之前方動詞必須爲動詞ます形去ます，因
　　　此要選擇答案爲①。

10. あの先生は　親切だ_____、やさしいです。

①て　　　　　②のに　　　　③し　　　　　④けど

譯文：那位老師既親切又溫柔。

正解：（③）

說明：本句型爲「既～又～」之表達結構，要用狀態並列之結構
　　　「し」來接續，而選項②「のに」、④「けど」皆爲逆態接
　　　續，所以要先排除之。而選項①「て」之結構，前方只能接
　　　動詞ます形去ます，或是イ形容詞（形容詞）去い加上「く
　　　て」之結構，而無法接名詞、ナ形容詞（形容動詞）之結
　　　構。因此要選擇答案爲③。

11. この数学問題は、林さんには _____すぎます。

①かんたん　　②かんたんな　③かんたんに　④かんたんで

譯文：這個數學問題對林先生（小姐）而言，太簡單。

正解：（①）

說明：本句型爲表達「すぎます」之結構，前方若爲な形容詞（形容動詞）語尾直接接續，所以答案爲選項①，其他的選項都不適合。

12. 会社は　明日　残業すること　＿＿＿＿＿　なります。

①へ　　　　　②に　　　　　③で　　　　　④は

譯文：公司明天決定要加班。

正解：（②）

說明：本句型爲表達動詞原形＋ことに＋なります」，中文意思爲「決定～」，主要用於非自我意志之決定，加班通常都是由公司或主管規定，而不是自己所能改變或更改，所以答案爲選項②。

13. 相島さんは　昨日　学校を　休みました。交通事故＿＿＿＿＿。

①ことです　　②ようです　　③らしいです　　④そうです

譯文：相島先生（小姐）昨天向學校請假。好像是車禍。

正解：（③）

說明：本句型要用選項③之答案，因爲「らしい」之前面可用名詞，且屬於由外面資訊所做的樣態描述，尤其以聽覺方面最常見。而選項②「ようだ」前方若要用名詞時，則需要在名

詞與「ようだ」中間加上助詞「の」，即是「名詞＋の＋よ
うだ」之表達方式。而選項④「そうだ」有兩種表達方式，
若爲樣態之「そうだ」，則前方不能接名詞之結構，若是傳
聞之「そうだ」，前方若是名詞之結構還需要加上助動詞
「だ」，即是「名詞＋だ＋そうだ」。

14. 赤羽さんの　考え方＿＿＿＿　わかりません。

①に　　　　　②で　　　　　③へ　　　　　④が

譯文：我不知道赤羽先生（小姐）的想法。

正解：（④）

說明：「わかりません」中文意思爲「不知道」爲「わかる」（知
　　　道）的敬體否定形態，亦是屬於能力動詞的表現結構之一，
　　　所以要使用「～が＋能力動詞」之句型來接續，因此要用選
　　　項④之答案。

15. あさっては　あめが　ふるか＿＿＿＿、ネットの　天気予報を
見ましょう。

①どうか　　　　②そうか　　　　③だろうか　　　　④ないか

譯文：後天是否下雨，來看網路的天氣預報吧！

正解：（①）

說明：本題要使用「～かどうか」之句型，其爲表達不確定的正反

選項，所以要用選項①之答案。

16. 旅行の＿＿＿＿、　まいにち　一生懸命に　はたらきます。

① ように　　　　② ために　　　　③ まま　　　　④ ほうに

譯文：爲了旅行，每天都拼命工作。

正解：（②）

說明：本題使用「名詞＋の＋ために」之句型，其爲表達原因之結
　　　構，所以要用選項②之答案。而選項①「ように」亦爲表達
　　　原因之結構，其前方必須爲非意志動詞、動詞可能形或動詞
　　　ない形。

17. A「きれいな　ばらですね」

B「ありがとう　ございます。　誕生日に　恋人が　＿＿＿＿ん
　　です」

① 買ってもらった　　　　　　　② 買ってあげた

③ 買ってくれた　　　　　　　　④ 買っていただいた

譯文：A「好漂亮的玫瑰花啊！」

　　　B「謝謝。生日時情人買給我的。」

正解：（③）

說明：因句中之主詞爲「恋人」（情人），所以授受動詞只能用
　　　「くれます」（別人給我或我們～）之結構，因此要用選

項③之答案。而其他選項②「あげます」（給人～）、選項①「もらいます」或是選項④「いただきます」（我得到～），三者之主語皆爲「私」（我）。「いただきます」爲「もらいます」之謙讓語，其用法兩者相同。

18. この　レストランは　とても　＿＿＿＿＿です。

①よいそう　　　②よそう　　　　③ようそう　　　④よさそう

譯文：這家餐廳看起來很不錯的樣子。

正解：（④）

說明：本句使用「樣態」之句型，「イ形容詞（形容詞）去い＋そうです」表達「～的樣子」，而「いい」及「よい」兩者意思相同，但在做接續時，只能用「よい」來表達，而「よい」必須要改成「よさそう」，所以要用選項④之答案。

19. はやめに　うちを　でた＿＿＿＿＿、じゅぎょうの　じかんに　まにあいませんでした。

①のに　　　　　②から　　　　　③ので　　　　　④ば

譯文：雖然提早出門了，卻趕不上上課的時間。

正解：（①）

說明：本句使用「のに」結構表達逆接，所以要用選項①之答案。而選項②「から」（因爲～）及③「ので」（因爲～）爲表達因果關係之結構，而選項④「ば」（如果～）爲表達假設

語氣之結構。

20. にほんで　食^たべた　おさしみの＿＿＿は　えいえんに　わすれ
られません。

①うまい　　　　②うまさ　　　　③うまかった　④うまく

譯文：永遠忘不了在日本所吃過生魚片的美味程度。

正解：（②）

說明：本句要放的是名詞結構，イ形容詞（形容詞）後面要接名詞
時，要用「イ形容詞（形容詞）去い＋さ」之結構，才可以
形成名詞結構，所以要用選項②「うまさ」（美味程度）之
答案。其他選項之答案都不適合。

🔍 **問題 Ⅱ**

＿＿＿★＿＿　に　入^{はい}る　ものは　どれですか。

①・②・③・④の中^{なか}から　一番^{いちばん}　いい　ものを　一^{ひと}つ　選^{えら}びなさ
い。

1. A「どうしたんですか」

　　B「＿＿＿　＿＿＿　★＿＿　＿＿＿んです」

　　①を　　　　　②かぎ　　　　③なくして　　④しまった

　　譯文：A「怎麼了？」

B「鑰匙不見了。」

正解：（③）

說明：句子的正確順序為「<u>かぎ</u>　<u>を</u>　<u>なくして</u>　<u>しまった</u>んです」。

2. 今日^{きょう}から ＿＿＿＿＿ ＿＿＿＿＿ ＿★＿＿ ＿＿＿＿＿です。

　　①を　　　　　　　　　　②スペイン語^ご

　　③つもり　　　　　　　　④勉強^{べんきょう}する

　　譯文：打算從今日起學習西班牙文。

　　正解：（④）

說明：句子的正確順序為「今日^{きょう}から　<u>スペイン語^ご</u>　<u>を</u>　<u>勉強^{べんきょう}する</u>　<u>つもり</u>　です」。

3. ＿＿＿＿＿ ＿＿＿＿＿ ＿★＿＿ ＿＿＿＿＿、手　を　洗^{あら}って　下^{くだ}さい。

　　①を　　　　②ご飯^{はん}　　　③食^たべる　④前^{まえ}に

　　譯文：在吃飯前，請洗手。

　　正解：（③）

說明：句子的正確順序為「<u>ご飯^{はん}</u>　<u>を</u>　<u>食^たべる</u>　<u>前^{まえ}に</u>、手　を　洗^{あら}って　下^{くだ}さい。

4. 日本料理^{にほんりょうり}は＿＿＿＿＿ ＿＿＿＿＿ ＿★＿＿ ＿＿＿＿＿　です。

①とても　　　　②うまい　　　　③が　　　　　　④高い

譯文：日本料理雖然好吃，但很貴。

正解：（①）

說明：句子的正確順序爲「日本料理は　うまい　が　とても　高い　です」。

5. 私は ＿＿＿ ＿＿＿ ★＿＿＿ ＿＿＿。

①を　　　　　　　　　　　　②トームさんに

③誕生日のプレゼント　　　　④あげます

譯文：我送湯姆先生生日禮物。

正解：（①）

說明：句子的正確順序爲「私は　トームさんに　誕生日のプレゼント　を　あげます」。

🔍 問題Ⅲ

次の　文章を　読んで、　質問は　＿＿＿のところに　何を　入れますか。①・②・③・④の中から　一番　いい　ものを　一つ　選びなさい。

　　つぎの　文章は　春子さんが　トームさんに　書いた手紙で

す。

　　下面文章是春子小姐寫給湯姆先生的信。

　　トームさん、お元気ですか。わたしは　昨日　会社の　そば
に　ひっこしを　しました。前は　親戚の　家から　会社まで
電車と　歩きで　一時間半ぐらい　かかりました。でも、今の
アパートは　会社1まで　歩いて　十分ぐらいです。ちょっと
古いですが、へやは　きれい2で　広いです。近くに　スーパー
や　コンビニも　あります。駅から　近いので、生活が　3とて
も　便利です。それに、アパートの　へやの　まどから　スカイ
ツリが　見えます。だから、ひっこして　4本当に　よかったと
思います。手紙と　ここの　地図を　いっしょに　おくります。
休みの　日に　ここへ　5あそびに　来ませんか。

　　それでは、また。

12月22日　春子

譯文：湯姆先生，您好嗎？我昨天搬到公司附近了。之前從親戚
　　　家到公司搭電車和走路需要一個半小時左右。但是，現在
　　　的公寓走路到公司要十分鐘左右。雖然有點舊，但是房間
　　　既乾淨又寬敞。附近也有超市和便利商店。因爲離車站很

近，所以生活很方便。而且從公寓的房間窗戶看得到晴空塔。因此，我覺得搬家真的是太好了。隨信附上這邊的地圖。休假時來這邊玩好嗎？

那麼，再聯絡。

12月22日　春子

1. ①から　　　　　②まで

③で　　　　　　④と

解答（②）

譯文：但是，現在的公寓走路到公司要十分鐘左右。

說明：「～まで」為表示到～為止之意思。

2. ①て　　　　　　②に

③で　　　　　　④が

解答（③）

譯文：雖然有點舊，但是房間既乾淨又寬敞。

說明：「で」前後用ナ形容詞（形容動詞）或イ形容詞（形容詞）為表示並列之用法，其中文意思為「既～又～」。

3. ①とても　　　　②あまり

③ぜんぜん　　　④ちっとも

解答（①）

譯文：因為離車站很近，所以生活很方便。

說明：選項①「とても」為「很、非常」之意思，選項②「あまり」為「不太～」之意思，選項③「ぜんぜん」為「完全都～」之意思，選項④「ちっとも」為「一點都～」之意思。而②、③、④選項後面都要接否定之結構，所以要用選項①「とても」（很）之答案。

4. ①ちっとも　　　　　②本当（ほんとう）に
   ③あまり　　　　　　④ぜんぜん
   解答（②）

   譯文：因此，我覺得搬家真的是太好了。

說明：選項①「ちっとも」為「一點都～」之意思，選項②「本当（ほんとう）に」為「真的、實在」之意思，選項③「あまり」為「不太～」之意思，選項④「ぜんぜん」為「完全都～」之意思。而②、③、④選項後面都要接否定之結構，所以要用選項②「本当（ほんとう）に」（真的）之答案。

5. ①あそびに　来（き）ませんか　　②あそびに　来（き）ました
   ③あそびに　行（い）きませんか　④あそびに　行（い）きました
   解答（①）

   譯文：休假時來這邊玩好嗎？

說明：本句型為邀約之結構，所以要用「～ませんか」之句型。因此，選項②「あそびに　来ました」（來玩了）及選項④「あそびに　行きました」（去玩了）要先排除掉。而選項③「あそびに　行きませんか」（要去玩嗎），與本句型語意不適合。所以要用選項①「あそびに　来ませんか」（要來玩嗎）之答案。

國家圖書館出版品預行編目資料

日檢一試OK！——N4篇／周世宇編著.--二
版.--臺北市：書泉，2014.12
　　面；　公分
　　ISBN 978-986-121-965-3（平裝）

1.日語　2.句法　3.能力測驗

803.189　　　　　　　　103019452

3AJ7

日檢一試OK！——N4篇

編 著 者 ― 周世宇(108.4)

發 行 人 ― 楊榮川

總 編 輯 ― 王翠華

主　　編 ― 朱曉蘋

封面設計 ― 吳佳臻

出 版 者 ― 書泉出版社

地　　址：106台北市大安區和平東路二段339號4樓

電　　話：(02) 2705-5066　　傳　真：(02) 2706-6100

網　　址：http://www.wunan.com.tw

電子郵件：shuchuan@shuchuan.com.tw

劃撥帳號：01303853

戶　　名：書泉出版社

經　銷　商：朝日文化

進退貨地址：新北市中和區橋安街15巷1號7樓

TEL：(02) 2249-7714　　FAX：(02) 2249-8715

法律顧問　林勝安律師事務所　林勝安律師

出版日期　2013年 9 月初版一刷
　　　　　2014年12月二版一刷

定　　價　新臺幣３２０元

原書名：日檢N4一試ＯＫ！由文字復興出版。